KB068061

독학 논어

이상기 역

知者不惑

仁者不憂

論語句

李相麒

독학 논어(論語)

이상기 역

序 文

　공자(孔子, BC 552~BC 479)는 중국 고대의 사상가로서 중국을 비롯한 한국·일본 등지에서 오랜 역사를 통해 성인(聖人)으로 추앙되어 왔고, 거의 같은 시대에 중국에서 태어난 노자(老子), 인도에서 태어난 석가모니(釋迦牟尼)와 더불어 동양사상의 3대 수맥을 이루고 있다.

　성은 공(孔), 이름은 구(丘), 자는 중니(仲尼)이다. 춘추시대(春秋時代) 말기의 난세에 노창평향(魯昌平鄕, 지금의 山東省 曲阜 부근)에서 태어나 3세 때 부친을 잃고 빈곤 속에서 자랐다.

　50세가 지나서 노(魯)의 정공(定公)에게 중용되어 국정의 일대개혁을 시도하였으나 수구세력에 의해 축출되어 노(魯)나라를 쫓기듯이 떠나야 했다. 그 후 14년간 제자들을 데리고 여러 나라를 돌아다니며 인(仁)을 설하고 덕치(德治)를 주장하였으나 여의치 못하자 69세 때 고국인 노(魯)나라에 돌아가 제자들의 교육에 전념하였다.

　공자는 평생 학구에 몰두하여 오경(五經 : 詩經, 書經, 易經, 禮記, 春秋)을 편찬 정리한 것으로 알려지고 있으며, 그의 사상과 언행은 사후에 제자들에 의해 기록된 《논어(論

語)》를 통해 전해져 왔다.

　논어가 우리에게 주는 가장 큰 매력은 함축성을 지닌 간
결한 문장으로 표현되어 있어서 읽는 이에게 많은 사고를
하게 한다는 것이다. 문장 하나하나에 깃들여 있는 공자의
언행과 생각은 우리들을 사색의 길로 인도할 것이며, 진지
한 인본주의자(人本主義者)의 모습을 보게 해줄 것이다.

　논어는 중국 유교의 근본 문헌으로 유가(儒家)의 성전
(聖典)이라고도 할 수 있으며 사서(四書)의 하나로 중국 최
초의 어록(語錄)이기도 하다.

　논어가 우리들 삶의 일부로 받아들일 수 있는, 훌륭한
가르침의 고전으로 읽혀지기를 간절히 바란다.

　끝으로 이 책의 출판에 노고가 많으신 전원문화사 김철
영 사장님과 편집부 여러분에게 감사의 뜻을 전합니다.

1995년 10월

譯者 李相麒

차 례

차 례

第一篇 學而(학이)

1

子曰 學而時習之면 不亦說乎아

有朋自遠方來면 不亦樂乎아

人不知而不慍이면 不亦君子乎아.

【對譯】

공자가 말씀하시기를, "배우고 때로 익히면 또한 기쁘지 않겠는가. 벗이 있어 멀리서 찾아오면 또한 즐겁지 않겠는가. 남이 나를 알아 주지 않더라도 화내지 않음이 또한 군자가 아니겠는가."

【註釋】

• 자(子) : 여기서는 공자(孔子)를 가리킴. 자(子)는 일반적으로 남자의 존칭. 제자가 선생(先生)을 높여 자(子)라 일컬음.
• 습(習) : 복습하여 익힘.
• 열(說) : 기쁨 = 열(悅).
• 붕(朋) : 벗, 친구.
• 군자(君子) : 덕을 갖춘 훌륭한 사람↔소인(小人)

2

유자왈 기위인야효제 이호범
有子曰 其爲人也孝弟오 而好犯

상자선의 불호범상 이호
上者鮮矣니 不好犯上이요 而好

작란자미지유야 군자무본
作亂者未之有也니라 君子務本이

니 본립이도생 효제야자
本立而道生하나니 孝弟也者는

기위인지본여
其爲仁之本與인저.

【對譯】

유자가 말하기를, "효성과 우애가 있는 사람이 윗사람에게 도리에 어긋난 행동을 하는 사람은 드물다. 그리고 윗사람에게 도리에 벗어난 행동을 하지 않는 사람이 법을 어기고 사회 질서를 어지럽힌 사람은 아직 없었다. 군자는 기본이 되는 일에 힘써야 하며 모든 일에 근본이 서야만 도가 생겨난다. 효성과 우애는 바로 인을 실천하는 근본이다."

【註釋】

• 유자(有子) : 공자의 제자.
• 효제(孝弟) : 부모를 잘 섬기고 형제를 사랑하는 것.

• 인(仁) : 두 사람의 사랑.

3

_{자 왈 교 언 영 색 선 의 인}
子曰 巧言令色이 鮮矣仁이니라.

【對譯】

공자가 말씀하시기를, "교묘한 말과 아첨하는 얼굴빛에는 인이 부족하니라."

【註釋】

• 교언(巧言) : 아첨하는 말.
• 영색(令色) : 아첨하는 얼굴빛.
• 선(鮮) : 적다 = 소(少).

4

_{증 자 왈 오 일 삼 성 오 신}
曾子曰 吾日三省吾身하노니
_{위 인 모 이 불 충 호 여 붕 우}
爲人謀而不忠乎아 與朋友
_{교 이 불 신 호 전 불 습 호}
交而不信乎아 傳不習乎러니라.

【對譯】

증자가 말하기를, "나는 매일 자신을 세 차례씩 반성한다. 남을 위해서 일을 하는 데 있어 정성을 다하였던가, 벗들과 함께 서로 사귀는 데 신의를 다하였던가, 제대로 익히지 못한 바를 남에게 전하지는 않았던가."

【註釋】

• 증자(曾子) : 공자의 제자. 효자로 알려짐.
• 전(傳) : 전수(傳授)함.

5

> 자왈 도천승지국 경사이신
> 子曰 道千乘之國하되 敬事而信
> 절용이애인 사민이시
> 하며 節用而愛人하며 使民以時니라.

【對譯】

공자가 말씀하시기를, "천승의 나라를 다스리는 데 있어서 정사를 신중히 하여 백성들의 신의를 얻어야 하며, 비용을 절약하여 백성들의 수고를 덜며, 시기를 잘 맞추어 백성을 부려야 한다."

【註釋】

• 경사(敬事) : 정사(政事)를 경건하고 신중하게 처리
  함.

6

子曰 ^{자 왈} 弟子入則孝^{제 자 입 즉 효}하며 出則弟^{출 즉 제}하고

謹而信^{근 이 신}하며 汎愛衆^{범 애 중}하되 而親仁^{이 친 인}이니

行有餘力^{행 유 여 력}이어든 則以學文^{즉 이 학 문}이니라.

【對譯】

공자가 말씀하시기를, "젊은이들은 집에 들어가면 부
모에게 효도하고, 밖에 나가면 어른께 공손하며 모든
일을 삼가고, 남에게 믿음을 주며, 모든 사람을 널리
사랑하되 특히 인자를 가까이하고, 그러고도 남음이
있으면 글을 배워라."

【註釋】

• 제(弟) : 어른에게 예의바르고 공손함.
• 범(汎) : 관박(寬博)함.

7

子夏曰 賢賢易色하며 事父母能

竭其力하며 事君能致其身하며 與

朋友交하매 言而有信이면 雖曰未

學하되 吾必謂之學矣리라.

【對譯】

자하가 말하기를, "어진 사람을 어질게 여겨 섬기되 미색(美色)을 좋아하듯 좋아하며, 부모를 섬기되 힘을 다할 것이며, 임금을 섬기되 몸을 바쳐 충성할 것이며, 벗과 사귀되 언행에 믿음이 있으면 상대방이 글을 배우지 않았다 하더라도 나는 반드시 학문이 있는 자라고 말하리라."

【註釋】

• 자하(子夏) : 공자의 제자. 성은 복(卜), 이름은 상(商).

• 역색(易色) : 미인(美人)을 좋아함.

8

子曰 君子不重_{하면} 則不威_니 學
則不固_{니라} 主忠信_{하며} 無友不如
己者_요 過則勿憚改_{니라}.

【對譯】

공자가 말씀하시기를, "군자는 언행이 무겁지 않으면 위엄이 없고, 학문도 견고하지 못하다. 성실과 신의를 주로 삼되 나만 못한 사람을 사귀지 말며, 자신에게 허물이 있거든 고치기를 꺼리지 마라."

【註釋】

• 무(無) : 금지의 뜻.
• 물(勿) : 금지의 조동사.
• 탄(憚) : 꺼리거나 주저함.

9

증 자 왈　신 종 추 원　　민 덕 귀 후
曾子曰 愼終追遠이면 民德歸厚

의
矣니라.

【對譯】

증자가 말하기를, "돌아가신 부모를 정성껏 모시고, 조상을 추모하면 백성들의 덕이 두터워질 것이다."

【註釋】

• 신종(愼終) : 부모의 죽음을 진정으로 애도하고 성의껏 치름.
• 추원(追遠) : 먼 선조를 추모함.

10

자 금 문 어 자 공 왈　부 자 지 어 시
子禽問於子貢曰 夫子至於是

방 야　　필 문 기 정　　　　구 지 여
邦也에 必聞其政하시나니 求之與아

억 여 지 여　　자 공 왈　부 자 온
抑與之與아 子貢曰 夫子溫

良恭儉讓以得之_{하시니} 夫子之
求之也_는 其諸異乎人之求之與

인저.

【對譯】

자금이 자공에게 묻기를, "선생님(공자)께서 어느 나라에 가든지 그 나라를 통치하는 사람에게서 반드시 정치에 관한 것을 들으시는데, 그것은 선생님께서 스스로 청하신 겁니까, 아니면 그 나라를 다스리는 사람에게서 요청을 받았기 때문입니까?" 자공이 대답하기를, "선생님께서는 온화하고, 선량하고, 공손하고, 검약하고, 겸양하시기 때문에 스스로 청하신 것입니다. 그러나 선생님께서 듣기를 요구하시는 것은 다른 사람이 청하는 것과는 다릅니다."

【註釋】

• 자금(子禽) : 공자의 제자. 성(姓)은 진(陳), 이름은 항(亢).
• 자공(子貢) : 공자의 제자. 성(姓)은 단목(端木), 이름은 사(賜).
• 시방(是邦) : 공자가 가는 모든 나라를 말함.

18

- 문(聞) : 정사(政事)의 자문(諮問)에 응함.
- 억(抑) : 그렇지 않고.

11

자 왈 부 재 　 관 기 지 　 부 몰 　 관
子曰 父在에 觀其志오 父沒에 觀

기 행 　 삼 년 　 무 개 어 부 지 도
其行이나 三年을 無改於父之道라

야 가 위 효 의
可謂孝矣니라.

【對譯】

공자가 말씀하시기를, "아버지가 살아 계실 때에는 그
뜻을 살피고, 아버지가 돌아가신 뒤에는 삼 년 동안
아버지가 하던 일을 고치지 말아야 비로소 효자라고
할 수 있느니라."

【註釋】

- 지(志) : 뜻.
- 몰(沒) : 죽다.
- 행(行) : 살아 있을 때의 행적.

12

有子曰 禮之用이 和爲貴하니 先
王之道斯爲美니라 小大由之이나
有所不行이니라 知和而和로되 不
以禮節之면 亦不可行也니라.

【對譯】

유자가 말하기를, "예를 지킴에 있어서 조화를 이루는 것이 가장 중요하다. 선왕의 도가 아름답다고 하는 것은 크고 작은 것이 다 이 조화에 기초를 두었기 때문이다. 그러나 조화만 알고 조화에 치우치게 되어, 예로써 조절치 않으면 또한 순조롭게 이루어지지 않는다."

【註釋】

• 화(和):조화(調和).
• 유(由):용(用)의 뜻.
• 소대유지(小大由之):큰 일이나 작은 일이나 모든 것이 조화에 의해 치러짐을 말함.

13

有子曰 信近於義면 言可復也며

恭近於禮면 遠恥辱也며 因不失

其親이면 亦可宗也니라.

【對譯】

유자가 말하기를, "약속이 정의에 가까우면 그 말대로 실천할 수 있으며, 공손함이 예에 가까우면 부끄러움과 욕된 것을 멀리하며, 의지하되 친근함을 잃지 않는 사람이면 존경할 만하니라."

【註釋】

• 의(義) : 사리의 올바름.
• 복(復) : 실천(實踐).
• 인(因) : 의지할 사람.
• 종(宗) : 존경(尊敬).

14

子曰 君子食無求飽_{하며} 居無求
安_{하며} 敏於事而愼於言_{이오} 就有
道而正焉_{이면} 可謂好學也已矣

니라.

【對譯】

공자가 말씀하시기를, "군자로서 배불리 먹는 것을 바라지 않고 편안히 거처하기를 구하지 않으며, 모든 일에 민첩하고 말을 삼가며, 도 있는 자에게 나아가 자신을 바로잡는다면, 학문을 좋아한다고 할 수 있느니라."

【註釋】

• 포(飽) : 배불리 먹다.
• 민어사(敏於事) : 일을 민첩하게 함.
• 언(焉) : 의(矣)와 같으나 좀 약함. 단정(斷定)을 나타내는 조사.

15

子貢曰 貧而無諂하며 富而無驕
하되 何如니까 子曰 可也나 未若
貧而樂하며 富而好禮者也니라 子
貢曰 詩云如切如磋하며 如琢
如磨라 하니 其斯之謂與인저 子曰
賜也는 始可與言詩已矣로다 告
諸往而知來者로다.

【對譯】

자공이 말하기를, "가난하여도 아첨하지 않고, 부유하여도 교만하지 않으면 어떠합니까?" 공자가 말씀하시기를, "좋은 말이나, 가난하여도 즐거워하며 부유하면서도 예를 좋아하는 사람만은 못하느니라." 자공이 말하기를, 《시경(詩經)》에 이르기를, '끊는 것 같고 가는 것같이 하며, 쪼는 것 같고 닦는 듯이 한다'고 하였는데, 그것이 바로 이와 같은 것을 두고 할 말입니까?" 공자가 말씀하시기를, "사(賜)야, 너야말로 함께 시를 논할 만하구나. 정말 너는 옛것을 모두 일러 주었더니 앞을 아는 사람이로다."

【註釋】

• 諂 : 아첨할 첨.
• 驕 : 교만할 교.
• 磋 : 줄로 가는 차.
• 琢 : 쫄 탁.
• 磨 : 갈 마.
• 諸 : 어조사 저, 之와 於의 合字.

16

子曰 不患人之不己知오 患不知人也니라.

자 왈 불 환 인 지 부 기 지 환 부 지 인 야

【對譯】

공자가 말씀하시기를, "남이 나를 알아 주지 못함을 탓하지 말고, 내가 남을 알지 못함을 걱정하라."

【註釋】

• 患 : 근심 환.
• 부기지(不己知) : 부지기(不知己)의 전도형(轉倒形).

第二篇 爲政(위정)

1

자왈 위정이덕 비여북신
子曰 爲政以德이면 譬如北辰이
거 기 소 이중성공지
居其所이어던 而衆星共之니라.

【對譯】

공자가 말씀하시기를, "덕으로써 정치를 하는 것은 마치 북극성이 그 자리에 있고, 여러 별들이 이것을 향해 돌고 있는 것과 마찬가지니라."

【註釋】

- 비여(譬如) : 마치 ~와 같다.
- 북신(北辰) : 북극성(北極星).
- 공(共) : 손을 맞잡고 절한다. = 拱(팔짱 낄 공).

2

자왈 시삼백 일언폐지 왈
子曰 詩三百에 一言蔽之하면 曰
사 무 사
思無邪니라.

【對譯】

공자가 말씀하시기를, "시경 3백 편의 내용은 한마디로 말해서 사악한 생각은 하나도 없느니라."

【註釋】

• 蔽：덮을 폐.
• 사무사(思無邪)：시를 음미함에 있어서 사악(邪惡)함이 전혀 없다는 뜻.

3

> 자 왈 도 지 이 정 　제 지 이 형
> 子曰 道之以政하고 齊之以刑이면
> 민 면 이 무 치 　도 지 이 덕 　제
> 民免而無恥니라 道之以德하고 齊
> 지 이 례 　유 치 차 격
> 之以禮면 有恥且格이니라.

【對譯】

공자가 말씀하시기를, "법제로써 이끌고 형벌로써 질서를 유지하면 백성들이 형벌을 면하는 것을 수치로 생각하지 않을 것이다. 그러나 덕으로써 인도하고 예로써 질서를 유지하면 수치를 알고 바르게 될 것이다."

【註釋】

• 恥：치욕 치.
• 格：자리 격.

4

子曰 吾十有五而志于學하고 三十而立하고 四十而不惑하고 五十而知天命하고 六十而耳順하고 七十而從心所慾하야 不踰矩호라.

【對譯】

공자가 말씀하시기를, "나는 15세에 학문에 뜻을 두었고, 30세에 모든 기초가 확립되었으며, 40세에 사물의 이치에 대하여 의문나는 점이 없었고, 50세에는 천명을 알았고, 60세에 남의 말을 순순히 받아들일 수 있었고, 70세에는 마음이 하고자 하는 바대로 행하여도 도에 어긋나지 않았느니라."

【註釋】

• 우(于)：어(於)의 뜻.

- 불혹(不惑) : 미혹되지 않는다는 뜻.
- 구(矩) : 법칙(法則).

5

孟懿子問 孝함에 子曰 無違니라

樊遲御러니 子告之曰 孟孫이 問

孝於我어늘 我對曰無違라 樊遲

曰 何謂之이니까 子曰 生事之以

禮하며 死葬之以禮하며 祭之以禮

니라.

【對譯】

맹의자가 효에 관해서 묻자, 공자가 말씀하시기를,
"어김이 없어야 효도이니라." 번지가 수레로 모시자,
공자가 말씀하시기를, "맹손이 나에게 효에 관해서 묻
기에 어김이 없어야 한다고 일러 주었다. 그러자 번지
가 묻기를, "어떤 뜻으로 그렇게 말씀하셨습니까?"
공자가 말씀하시기를, "살아 계실 때에는 예로써 섬기

며, 죽은 뒤에는 예로써 장사지내며, 예로써 제사지내
는 것이니라."

【註釋】
• 맹의자(孟懿子) : 노(魯)나라 사람으로 이름은 하기
  (何忌).
• 번지(樊遲) : 공자의 제자.
• 어(御) : 수레를 부림.
• 맹손(孟孫) : 맹의자(孟懿子).

6

맹 무 백 문 효　　자 왈 부 모　　유
孟武伯問 孝한대 子曰 父母는 唯

기 질 지 우
其疾之憂시니라.

【對譯】
맹무백이 효에 관하여 묻자, 공자가 말씀하시기를,
"부모는 오직 자식의 병을 걱정하느니라."

【註釋】
• 맹무백(孟武伯) : 맹의자(孟懿子)의 아들.
• 백(伯) : 맏이, 장자(長子).

7

子游問 孝한대 子曰 今之孝者는
是謂能養이나 至於犬馬하야도 皆
能有養이니 不敬이면 何以別乎리요.

【對譯】

자유가 효에 대해서 묻자, 공자가 말씀하시기를, "지금의 효라는 것은 부모를 잘 봉양하는 것을 말하고 있는데, 그러나 개와 말, 짐승까지도 다 먹여 기르고 있으니, 공경하지 않으면 무엇으로 부모와 짐승을 구별할 수 있겠는가."

【註釋】

• 자유(子游) : 공자의 제자.
• 하이별호(何以別乎) : 무엇이 다르리요.

8

子夏問 孝_{한대} 子曰 色難_{이니} 有

事_{이어든} 弟子服其勞_{하고} 有酒食_어

든 先生饌_이 曾是以爲孝乎_아.

【對譯】

자하가 효에 대해서 묻자, 공자가 말씀하시기를, "부
모의 표정을 보고 알아서 행하기는 참으로 어렵다. 무
슨 일이 있으면 그 수고를 대신하고, 좋은 술과 맛있
는 음식이 생기면 먼저 드시게 하는 것만으로 어찌 효
도를 다했다고 하겠는가."

【註釋】

• 색난(色難) : 부모님의 안색을 보고, 부모님 마음을
알아차리어 효도하기가 어렵다는 뜻.
• 찬(饌) : 식사를 올림.
• 증(曾) : 즉(則).

9

子曰 吾與回言終日하나 不違如
愚러니 退而省其私하대 亦足以發
하나니 回也不憂로다.

【對譯】

공자가 말씀하시기를, "내가 회(回)와 더불어 온종일
이야기하였어도 그가 나의 말을 한마디도 되묻지 않아
마치 바보 같더니, 그가 물러간 후에 그의 사생활을
살펴보니 내 말대로 실천하고 있더라. 회는 정녕 어리
석은 사람이 아니다."

【註釋】

• 회(回) : 공자의 수제자.
• 불위(不違) : 공자의 말에 순종할 뿐, 의견이나 다른
  말을 하지 않음.

10

子曰 視其所以하며 觀其所由하며
察其所安이면 人焉廋哉리요 人焉
廋哉리요.

【對譯】

공자가 말씀하시기를, "사람의 그 행동하는 바를 보고, 동기를 살피고, 만족하는 것을 관찰하면 그의 사람됨을 어찌 숨길 수 있으랴. 어찌 숨길 수 있으랴."

【註釋】

• 소이(所以) : 행위.
• 인언수재(人焉廋哉) : 어찌 감출 수 있으랴!

11

子曰 溫故而知新이면 可以爲師
矣니라.

【對譯】

공자가 말씀하시기를, "옛것을 익히고 새로운 것을 알면 능히 남의 스승이 될 수 있느니라."

【註釋】

• 온(溫) : = 심(尋).

• 고(故) : = 고(古).

• 지신(知新) : 새로운 원리(原理)나 이치(理致)를 창조할 줄 앎.

12

자 왈 군 자 불 기
子曰 君子는 不器니라.

【對譯】

공자가 말씀하시기를, "군자는 한 가지 구실밖에 하지 못하는, 그릇 같은 존재가 아니니라."

【註釋】

• 기(器) : 도구. 기물. 여기서는 기술자.

13

> 자공 문 군자 자왈 선 행 기
> 子貢이 問 君子한대 子曰 先行其
> 언 이 후 종 지
> 言이요 而後從之니라.

【對譯】

자공이 군자에 대해서 묻자 공자가 말씀하시기를, "먼저 실행하고 나서 그 다음 말을 하느니라."

【註釋】

- 선행기언(先行其言) : 자기가 하고자 하는 바를 말에 앞서 먼저 행동으로 실천함.
- 이후종지(而後從之) : 그리고 나서 말을 함.

14

> 자왈 군 자 주 이 불 비 소 인
> 子曰 君子는 周而不比하고 小人
> 비 이 부 주
> 은 比而不周니라.

【對譯】

공자께서 말씀하시기를, "군자는 보편적이되 편파적

이 아니고, 소인은 편파적이되 보편적이 아니다."

【註釋】
• 주(周) : 무사공평(無事公平)함.
• 비(比) : 편당적(偏黨的)임.

15

> 子曰 學而不思_{하면} 則罔_{하고} 思
> 而不學_{하면} 則殆_{니라.}

자왈 학이불사 즉망 사
이불학 즉태

【對譯】
공자가 말씀하시기를, "배우고 생각하지 않으면 오묘한 진리를 이해할 수 없고, 생각하고 배우지 않으면 위태한 사상에 빠지기 쉬우니라."

【註釋】
• 망(罔) : 어두움 = 맹(盲).
• 태(殆) : 위태롭다. 위험(危險).

16

子曰 攻乎異端이면 斯害也已니라.

【對譯】

공자가 말씀하시기를, "이단을 행하면 해로울 뿐이다."

【註釋】

- 공(攻) : 전공함.
- 이단(異端) : 군자(君子)의 도(道)가 아닌 학문.

17

子曰 由아 誨女知之乎인저 知之
爲知之오 不知爲不知이 是知也
이니라.

【對譯】

공자가 말씀하시기를, "유(由)야, 내가 너에게 '안다'
는 것을 가르쳐 주겠다. 아는 것을 안다고 하고, 모르

는 것을 모른다고 하는 것이 곧 진실로 아는 것이니
라."

【註釋】

• 유(由) : 공자의 제자.
• 회(誨) : 가르치다.
• 여(女) : 여(汝)의 약자. 너.

18

^{자 장} ^{학 간 록} ^{자 왈} ^{다 문 궐}
子張이 學干祿한대 子曰 多聞闕

^의 ^{신 언 기 여} ^{즉 과 우}
疑오 愼言其餘면 則寡尤하며

^{다 견 궐 태} ^{신 행 기 여 즉 과 회}
多見闕殆오 愼行其餘則寡悔니

^{언 과 우} ^{행 과 회} ^{녹 재 기 중}
言寡尤하며 行寡悔면 祿在其中

^의
矣니라.

【對譯】

자장이 간록장(干祿章)을 배우려 하자 공자가 말씀하
시기를, "많이 들어서 의문을 없애고, 그러고도 남음

이 있어 말을 삼간다면 허물이 적으리라. 많이 보아서
불안함을 적게 하고, 그러고도 남음이 있어 삼가 행동
하면 뉘우침이 적을 것이니, 말에 허물을 적게 하고
행동을 조심해서 후회를 적게 한다면 그 가운데에 녹
(祿)이 있느니라."

【註釋】
• 자장(子張) : 공자의 제자.
• 간(干) : 구하는 것.
• 녹(祿) : 관록(官祿).
• 궐(闕) : 빼놓음＝欠
• 과우(寡尤) : 잘못이 적음.
• 회(悔) : 뉘우침.

19

哀公이 問曰 何爲則民服이니까
애공 문왈 하위즉민복

孔子對曰 擧直錯諸枉이면 則民
공자대왈 거직조저왕 즉민

服하고 擧枉錯諸直이면 則民不服이
복 거왕조저직 즉민불복

니라.

【對譯】

애공이 묻기를, "어떻게 하면 백성의 마음까지 따르게 할 수 있습니까?" 공자가 대답하기를, "곧고 올바른 사람을 등용해서 곧지 않은 사람들 위에 놓으면 백성은 마음까지 복종하지만, 곧지 않은 사람을 등용해서 곧은 사람 위에 앉히면 백성이 진심으로 따르지 않습니다."

【註釋】

• 애공(哀公) : 노(魯)나라 임금.
• 민복(民服) : 백성이 복종하다.
• 거직(擧直) : 정직한 사람을 등용함.

20

계 강 자 문　사 민 경 충 이 권　　여
季康子問 使民敬忠以勸하대　**如**

지 하　　자 왈　임 지 이 장 즉 경
之何리이까　**子曰 臨之以莊則敬**하

효 자 즉 충　　거 선 이 교 불 능
고　**孝慈則忠**하고　**擧善而敎不能**

즉 권
則勸이리라.

【對譯】

계강자가 묻기를, "백성들로 하여금 공경하고 충성하도록 권하려면 어떻게 하여야 합니까?" 공자가 말씀하시기를, "백성에게 믿음직스럽게 임하면 공경하게 되고, 부모에게 효도하고 아랫사람에게 자비롭게 임하면 충성하고, 착한 사람을 등용하여 바르지 못한 사람을 가르치면 곧 선행에 힘쓰게 됩니다."

【註釋】

- 계강자(季康子) : 노(魯)나라 집권자(執權者).
- 장(莊) : 장엄(莊嚴).

21

> 혹 위공자왈 자해불위정
> 或이 謂孔子曰 子奚不爲政이니이
> 자왈 서운효호 유효
> 까 子曰 書云孝乎인저 惟孝하며
> 우우형제 시어유정 시
> 友于兄弟하야 施於有政이라 하니 是
> 역위정 해기위위정
> 亦爲政이니 奚其爲爲政이리요.

【對譯】

어떤 사람이 공자에게 묻기를, "선생께서는 왜 정치를

하지 않으십니까?" 공자가 말씀하시기를, "《서경》에 '효도하라, 오직 효도하라. 그리고 형제에게 우애있게 대하면 네가 하는 일에 늘 정치가 있느니라'고 일렀거늘, 바로 그것이 정치를 하는 것인데 어찌 따로 정치를 한다고 할 것인가."

【註釋】
• 혹(或) : 어떤 사람.
• 해(奚) : 어찌하여 = 하(何).

22

子曰　人而無信이면　不知其可也케라　大車無輗하며　小車無軏이면　其何以行之哉리요.

【對譯】
공자가 말씀하시기를, "사람에게 믿음이 없으면 아무 쓸모가 없는 것이다. 마치 큰 수레에 예가 없고, 작은 수레에 월이 없는 것과 같으니 무엇으로 나아갈 수가 있겠는가."

【註釋】

• 예(輗) : 멍에. 마차에 매어 다는 기구.
• 월(軏) : 멍에. 마차에 매어 다는 기구.

23

子張^{자장}이 問^문 十世可知也^{십세가지야}이까 子曰^{자왈}

殷因於夏禮^{은인어하례}하니 所損益可知也^{소손익가지야}이

며 周因於殷禮^{주인어은례}하니 所損益可知^{소손익가지}

也^야이니 其或繼周者^{기혹계주자}면 雖百世可^{수백세가}

知也^{지야}리라.

【對譯】

자장이 묻기를, "십세 이후의 일을 알 수 있습니까?"
공자가 말씀하시기를, "은(殷)나라는 하(夏)나라의 예
를 따랐으니 그 손익된 바를 짐작할 수 있고, 주(周)
나라는 은나라의 예를 이어받았으니 그 손익된 바를
짐작할 수 있다. 만약 주(周)나라의 예를 이어받을 왕
조가 있다면 백세(百世) 이후라도 알 수 있을 것이
다."

【註釋】

• 십세(十世) : 왕조(王朝)가 열 번 바뀌는 것을 말함.
• 인(因) : 인습(因襲).
• 손익(損益) : 증감취사(增減取捨).

24

> 子曰 非其鬼而祭之이 諂也오 見
> 義不爲이 無勇也니라.

【對譯】

공자가 말씀하시기를, "조상의 영혼이 아닌 것에 제사 지내는 것은 아첨하는 것이며, 옳은 일을 보고도 행하지 않음은 용기가 없는 것이니라."

【註釋】

• 귀(鬼) : 죽은 사람의 영혼.
• 용(勇) : 용기(勇氣).

第三篇 八佾(팔일)

1

공 자 위 계 씨　　　　팔 일 무 어 정
孔子謂季氏하사대 **八佾舞於庭**하니
시 가 인 야　　　　숙 불 가 인 야
是可忍也인맨 **孰不可忍也**리요.

【對譯】

공자께서 계씨(季氏)를 평하여 말씀하였다. "팔일(八佾)을 뜰에서 춤추게 하다니, 이러한 일을 해넘길 수 있고 보면 차마 무슨 일인들 못하랴." 즉, 천자만이 하게 할 수 있는 일을 일개의 세도가가 하니, 장차 천자의 자리도 능히 넘볼 수 있는 계씨의 방자함을 탓하는 것이다.

【註釋】

* 위(謂) : 비평하여 말하는 것.
* 계씨(季氏) : 노(魯)나라의 실권자(實權者).
* 팔일(八佾) : 천자(天子)의 앞에서만 추는 춤.
* 숙(孰) : 어느 것.

2

三家者以雍徹이러니 子曰 相維
辟公이어늘 天子穆穆을 奚取於三
家之堂고.

【對譯】

삼가의 사람들이 옹가를 부르며 제사를 끝내자, 공자
가 말씀하시기를, "《시경》에 말하기를 '제후는 제사를
돕고 천자는 매우 흐뭇한 표정이라'고 하였거늘, 어찌
삼가의 사당에 이를 취하며 쓰는가."

【註釋】

• 삼가(三家) : 노(魯)의 3대부(三大夫). 季孫, 叔孫,
  孟孫.
• 옹(雍) :《詩經》의 주송(周頌)의 편명(篇名)임.
• 철(徹) : 撤, 제사(祭祀)를 마치고 제기(祭器)를 거둠.

3

子曰 人而不仁이면 如禮何이며

人而不仁이면 如樂何오.

【對譯】

공자가 말씀하시기를, "사람이 어질지 않으면 예의가
바른들 무엇하며, 즐거워한들 무슨 소용이 있겠는가."

【註釋】

• 예(禮) : 인간의 질서(秩序).
• 악(樂) : 인간의 화친(和親).
• 여례하(如禮何) : 예를 어찌할 것인가.

4

林放이 問 禮之本한대 子曰 大哉

問이여, 禮는 與其奢也론 寧儉이오

喪이 與其易也론 寧戚이니라.

【對譯】

임방이 예의 근본에 대해 묻자 공자가 말씀하시기를,
"훌륭한 질문이다. 예는 사치하기보다는 차라리 검소
해야 하고, 부모의 상을 당하면 형식을 갖추기보다는
진심으로 슬퍼해야 하느니라."

【註釋】

• 임방(林放) : 공자의 제자. 노(魯)나라 사람.
• 여기~영(與其~寧) : 하느니보다는 차라리 ~해라.

5

子曰 夷狄之有君이 不如諸夏之
亡也니라.

【對譯】

공자가 말씀하시기를, "오랑캐 나라에 임금이 있는 것
이 중국 여러 나라의 임금이 없는 것보다도 못하느
니라."

【註釋】

• 이적(夷狄) : 동쪽 오랑캐와 북쪽 오랑캐.
• 무(亡) : 없음 = 무(無).

6

계 씨 여 어 태 산　　자 위 염 유 왈
季氏旅於泰山이러니　子謂冉有曰

여 불 능 구 여　　　대 왈　불 능
女弗能救與아　對曰　不能이로소이다

자 왈　오 호　　　증 위 태 산　　불 여
子曰　嗚呼라.　曾謂泰山이　不如

임 방 호
林放乎아.

【對譯】

계씨가 태산에서 산제를 지내려 하자, 공자가 염유에
게 말씀하시기를, "너는 계손씨를 죄에서 구해 낼 수
없겠느냐?" 대답하기를, "구해 낼 수 없나이다." 그러
자 공자가 탄식하시기를, "슬프도다, 태산의 산신이
예의 근본을 물었던 임방만도 못하단 말인가."

【註釋】

• 여(旅) : 산(山)을 제기 지내는 제명(祭名).
• 염유(冉有) : 공자의 제자.
• 여(女) : 너＝여(汝).

7

자왈 군자무소쟁 필야사호
子曰 君子無所爭이나 必也射乎
읍양이승 하이음 기
인저 揖讓而升하야 下而飲하나니 其
쟁야군자
爭也君子니라.

【對譯】

공자가 말씀하시기를, "군자는 다투는 일이 없으나,
활을 쏘는 데에 있어서는 그렇지 않다. 서로 읍(揖)하
며 사양하여 올라가고 내려와서는 술을 마시나, 그 활
쏘기에서의 다툼은 실로 군자다우니라."

【註釋】

• 읍(揖) : 두 손을 앞가슴에 대고 절하는 것을 가리킴.
• 양(讓) : 양보함.
• 승(升) : 당(堂)에 올라가 활을 쏨.
• 음(飲) : 활쏘기에서 이긴 사람이 진 사람에게 술을
  먹이는 것.

8

子夏問曰 巧笑倩兮며 美目盼兮

여 素以爲絢兮라 하니 何謂也이까.

子曰 繪事後素니라. 曰 禮後乎인

저 子曰 起予者는 商也로다

始可與言詩已矣로다.

【對譯】

자하가 묻기를, "《시경》에 방긋 웃는 웃음에 입술이 곱기도 하고, 아름다운 눈동자가 더욱 고우니, 마치 흰 바탕에 채색을 한 것 같구나"하고 말한 것은 무슨 뜻입니까?" 공자가 말씀하시기를, "그림을 그리는 데 있어서 흰 바탕에 채색을 하여 아름답게 됨을 말하는 것이니라." 말하기를, "덕을 갖춘 후에 예가 따른다는 말씀이십니까?" 공자가 말씀하시기를, "나를 일깨워 주는 사람은 바로 너로구나. 비로소 너와 더불어 시를 논할 만하다."

【對譯】

• 교소(巧笑) : 어여쁘게 웃는 것.

- 천(倩) : 웃는 입의 모습이 아름다움.
- 변(盼) : 검은 눈동자의 맑은 눈.
- 현(絢) : 문체가 아름답고 빛나는 것.
- 기여(起予) : 나에게 암시를 주어서 생각이 나게 계발(啓發)함.

9

<pre>
자 왈 하 례   오 능 언 지   기 부 족
子曰 夏禮를 吾能言之나 杞不足

징 야   은 례   오 능 언 지   송 부
徵也며 殷禮를 吾能言之나 宋不

족 징 야   문 헌 부 족 고 야   족 즉
足徵也는 文獻不足故也니 足則

오 능 징 지 의
吾能徵之矣리라.
</pre>

【對譯】

공자가 말씀하시기를, "하나라의 예는 내가 능히 말할 수 있으나 기(杞)나라는 이를 증명하기에 부족하고 은(殷)나라의 예는 내가 말할 수 있으나 송(宋)나라는 이를 증명하기에 부족하다. 이는 문헌이 부족하기 때문이니, 문헌만 넉넉하다면 나는 능히 그것을 증명할 수 있느니라."

【註釋】
- 하례(夏禮) : 하(夏)나라의 문물제도(文物制度).
- 징(徵) : 증명하다 = 증(證).
- 은(殷) : 주(周)왕조 전의 왕조(王朝).

10

자 왈　체 자 기 광 이 왕 자　　오 불 욕
子曰 禘自旣灌而往者는 吾不欲

관 지 의
觀之矣로다.

【對譯】

공자가 말씀하시기를, "체제에 있어서 이미 술을 땅에
부은 이후의 일을 나는 보고 싶지 않도다."

【註釋】
- 체(禘) : 천자(天子)가 설에 선조(先祖)를 모시는 제
  사(祭祀). 제사 이름.
- 관(灌) : 제사를 시작할 무렵 수수(기장)로 만든 술을
  땅에 뿌려 강신(降神)시켰음.
  ※당시 노(魯)나라에서는 위패(位牌)의 서열(序列)이
  엉망인 까닭이라고 했다.

11

或이 問禘之說한대 子曰 不知也
혹　　문체지설　　자왈　부지야
라. 知其說者之於天下也에 其如
지기설자지어천하야　　기여
示諸斯乎인저 하시고 指其掌하시다.
시저사호　　　　　　지기장

【對譯】

어떤 사람이 체제에 관해서 묻자, 공자가 말씀하시기를, "알지 못하노라. 그것을 말할 수 있는 사람이라면 천하의 일에 대해서도 이것에서 보는 것같이 쉽게 다룰 것이니라." 하고 자신의 손바닥을 가리켰다.

【註釋】

• 시(示) : 보는 것 = 시(視).
• 체(禘) : 군주(君主)가 선조(先祖)의 위패(位牌)를 묘(廟)에 모시고 드리는 큰 제사(祭祀)를 일컬음. 체제(禘祭)의 원리는 심오하다. 그러므로 그 원리를 환히 알기만 한다면 천하를 다스리는 일도 쉽다는 뜻이다.

12

제여재
祭如在하시며　祭神如神在하시다.
제 신 여 신 재

자왈 오불여여제　여부제
子曰 吾不與祭면　如不祭니라.

【對譯】

공자는 제사 지낼 때에 조상이 살아 있는 것같이 하며, 신에게 제사 지낼 때에는 신이 있는 것같이 행하였다. 공자가 말씀하시기를, "내가 제사에 참여하지 않으면 제사 지내지 않는 것과 같으니라."

【註釋】

• 여(如):마치 ~하는 듯하다.
• 불여제(不與祭):제사에 참석하지 않음을 말함.

13

왕손가문왈　여기미어오　영미
王孫賈問曰 與其媚於奧론 寧媚

어조　하위야　자왈 불연
於竈라 하니 何謂也이까 子曰 不然

획죄어천　무소도야
하나 獲罪於天이면 無所禱也니라.

【對譯】

왕손자가 묻기를, "'방안에 모셔 놓은 신주에게 비느니 차라리 부뚜막 귀신에게 빌어라' 하는 것은 무엇을 두고 한 말입니까?" 공자가 말씀하시기를, "그렇지 않소, 하늘에 죄를 지으면 빌 곳이 없소." 즉 자기에게 아첨하라는 왕손가(王孫賈)의 의문을 반박한 것이다.

【註釋】

• 왕손가(王孫賈) : 위(衛)나라 영공시(靈公時)의 대부(大夫). 성(姓)은 왕손(王孫).
• 여기~영(與其~寧) : ~하느니보다는 차라리 ~해라.
• 미(媚) : 아첨하는 것.
• 오(奧) : 주인 방. 안방.
• 조(竈) : 부엌.

14

子曰 周監於二代하니 郁郁乎文哉라 吾從周하리라.

【對譯】

공자가 말씀하시기를, "주나라는 두 왕조를 본받았으

니 그 문화가 매우 찬란한지라 나는 주나라를 따르리
라."

【註釋】

• 감(監) : 감(鑑)과 같은 뜻임. 거울로써 관찰한다는
  뜻.
• 이대(二代) : 주(周)보다 앞섰던 하(夏)와 은(殷).
• 욱욱호(郁郁乎) : 향기가 그윽함.

15

자 입 대 묘　　매 사 문　　혹 왈
子入大廟하사 每事問하대 或曰

숙 위 추 인 지 자　　지 례 호　　입 대
孰謂鄹人之子를 知禮乎오 入大

묘　　매 사 문　　자 문 지
廟하야 每事問이온여 子聞之하시고

왈 시 례 야
曰 是禮也니라.

【對譯】
공자가 대묘에 들어가면 모든 일을 일일이 묻곤 하였
다. 그래서 어떤 사람이 공자에 대하여 말하기를 "누
가 추의 사람이 예를 안다고 했느냐? 대묘에 들어오

면 항상 매사를 묻는구나." 공자가 이 소문을 듣고 말 씀하시기를, "그렇게 하는 것이 바로 예니라."

【註釋】

- 대묘(大廟) : 나라의 초대 임금을 모시는 묘(廟). 노 (魯)의 주공(周公)의 묘(廟).
- 추(鄒) : 공자의 아버지 숙양흘(叔梁紇)이 다스리던 고을. 추인의 아들이란 공자를 막 부르는 것.

16

> 자 왈   사 부 주 피   위 력 부 동 과
> **子曰 射不主皮는 爲力不同科니**
>
> 고 지 도 야
> **古之道也니라.**

【對譯】

공자가 말씀하시기를, "활쏘기에 있어서 과녁을 뚫는 것을 위주로 하지 않음은 사람의 힘이 같지 않기 때문 이니, 이는 바로 옛 도의 아름다움이니라."

【註釋】

- 피(皮) : 과녁. 천자(天子)의 과녁은 곰·호랑이의 가 죽으로 만들었고, 제후(諸侯)는 곰, 무사는 사슴, 선 비는 개가죽을 사용했음.

17

> 　子貢_{자공}이 欲去告朔之餼羊_{욕거고삭지희양}한대 子_자
> 曰_왈 賜也_{사야}아, 爾愛其羊_{이애기양}이 我愛_{아애}
> 其禮_{기례}하노라.

【對譯】

자공이 고삭에 쓰이는 희양을 폐하려 하자 공자가 말씀하시기를, "사(賜)야, 너는 그 양을 아끼느냐. 나는 그 예를 아끼고 싶구나." 즉 이제 양을 바치는 것까지 폐하자고 자공이 말을 하니 예가 없어짐을 애석하게 생각하는 것이다.

【註釋】

• 고삭(告朔) : 옛적 천자(天子)가 계동(季冬)을 기(期)하여 명년(明年) 열두 달의 삭전(朔奠)에 쓸 경비를 제후(諸侯)에게 배급하면 제후는 이것을 받아서 조묘(祖廟)에 간직하였다가 특양(特羊)으로 조묘(祖廟)에 고(告)하였음.

• 희양(餼羊) : 양(羊)을 산 채 제물로 바치는 것.

18

> <ruby>子曰<rt>자왈</rt></ruby> <ruby>事君盡禮<rt>사군진례</rt></ruby>를 <ruby>人<rt>인</rt></ruby>이 <ruby>以爲諂也<rt>이위첨야</rt></ruby>
>
> 라 한다.

【對譯】

공자가 말씀하시기를, "임금을 섬기는 데 있어서 예를 다하는 것을 세상 사람은 아첨한다 하는구나."

【註釋】

• 사군(事君) : 임금을 섬김.
• 진례(盡禮) : 예를 다함.

19

> <ruby>定公<rt>정공</rt></ruby>이 <ruby>問<rt>문</rt></ruby> <ruby>君使臣<rt>군사신</rt></ruby>하며 <ruby>臣事君<rt>신사군</rt></ruby>하되
>
> <ruby>如之何<rt>여지하</rt></ruby>니까 <ruby>孔子對曰<rt>공자대왈</rt></ruby> <ruby>君使臣以<rt>군사신이</rt></ruby>
>
> <ruby>禮<rt>례</rt></ruby>하며 <ruby>臣事君以忠<rt>신사군이충</rt></ruby>이나이다.

【對譯】

정공이 묻기를, "임금이 신하를 부리고 신하가 임금을 섬기는 일은 어떻게 하여야 합니까?" 공자가 말씀하시기를, "임금은 예로써 신하를 부리고 신하는 충성으로써 임금을 섬겨야 합니다."

【註釋】

• 정공(定公) : 노(魯)나라 군주(君主). 이름은 송(宋). 공자는 56세 때 유세(遊說)의 여행(旅行)을 떠나기 전 정공(定公)을 섬겼음.

20

子曰 關雎는 樂而不淫하고 哀而
不傷이니라.

【對譯】

공자가 말씀하시기를, "'관저'는 즐겁되 음탕하지 않고, 슬프되 마음 상하지 않느니라."

【註釋】

• 관저(關雎) :《시경》의 국풍주남(國風周南) 머리편에

있는 시.

• 상(傷) : 슬픔이 지나쳐 평화(平和)를 잃는 것.

21

哀公이 問社於宰我한대 宰我對
曰 夏后氏以松이요 殷人以栢이요
周人以栗이니 曰 使民戰栗이어이
다 子聞之曰 成事不說하며
遂事不諫하며 旣往不咎로다.

【對譯】

애공이 재아에게 사단에 심는 나무에 대해 묻자, 재아
가 말하기를, "하후씨는 소나무를 심었고, 은나라 사
람은 잣나무를 심었고, 주나라 사람은 밤나무를 심었
으니, 말하자면 백성으로 하여금 전율케 하고자 한 것
입니다"라고 했다. 이를 듣고 공자께서 말씀하셨다.
"다 된 일을 비평하지 않겠고, 끝난 일을 간하지 않겠
고, 지난 일을 탓하지 않겠다(이후부터는 이런 실언을
반복하지 않도록)."

【註釋】

- 애공(哀公) : 노(魯)의 군주(君主). 정공(定公)의 아들.
- 재아(宰我) : 성은 재(宰), 이름은 서(予). 자(字)는 자아(子我). 공자의 제자.

22

子曰 管仲之器小哉 或이 曰 管
_{자왈} _{관중지기소재} _혹 _왈 _관

仲은 儉乎니까 曰 管氏有三歸하며
_중 _{검호} _{왈 관씨유삼귀}

官事를 不攝하니 焉得儉이리요 然
_{관사} _{불섭} _{언득검} _연

則管仲은 知禮乎니까. 曰 邦君이야
_{즉관중} _{지례호} _{왈 방군}

樹塞門이어늘 管氏亦樹塞門하며
_{수색문} _{관씨역수색문}

邦君이야 爲兩君之好에 有反坫이
_{방군} _{위량군지호} _{유반점}

어늘 管氏亦有反坫하니 管氏而知
_{관씨역유반점} _{관씨이지}

禮면 孰不知禮리요.
_례 _{숙부지례}

【對譯】

공자가 말씀하시기를, "관중은 그릇이 작구나" 어떤 사람이 말하기를, "관중은 검소하였습니까?" 공자가 말씀하시기를, "관씨는 세 아내를 두었고, 아래 관원들에게는 겸직시키지 않았으니 어찌 검소하다 할 수 있겠소." 다시 묻기를, "그렇다면, 관중은 예를 알고 있습니까?" 공자가 말씀하시기를, "임금이 병풍 담으로 문을 가리면 관씨 역시 그렇게 하고, 임금이 다른 나라의 임금과 서로 우호하기 위해 술자리를 마련하면 관씨 역시 그런 자리를 마련하였으니, 그 관씨가 예를 안다면 누가 예를 모르겠소."

【註釋】

• 관중(管仲) : 재(齊)나라 환공(桓公)을 도와서 패자(覇者)로 한 명재상(名宰相). 공자보다 180년 전 인물.
• 기(器) : 인간적인 도량(度量).
• 삼귀(三歸) : 부인을 셋 가졌다.
• 불섭(不攝) : 겸(兼)하지 않음.
• 반점(反坫) : 흙을 높이 돋우어서 만든 술잔을 놓은 대(臺).

23

子語魯大師樂曰 樂은 其可知也

이니 始作에 翕如也하야 從之에 純

如也하며 皦如也하며 繹如也하야

以成이니라.

【對譯】

공자가 노나라의 대사에게 음악에 대하여 말씀하시기를, "음악은 알 수 있는 것이오. 처음에는 그 소리가 합하여 일어나고, 본가락으로 들어서면 조화를 이루어 거의 하나같이 되고 음곡(音曲)의 음색이 명료하게 되며, 여운을 남기면서 끝내는 것이다."

【註釋】

• 대사(大師) : 악관(樂官)의 장(長).
• 흡(翕) : 합과 같은 뜻.
• 종(從) : 방종을 뜻함.
• 순(純) : 맑게 조화(調和)됨.
• 교(皦) : 뚜렷하게 울림.
• 역(繹) : 실을 꿰듯이 이어져 나오는 것.

24

儀封人_이 請見曰 君子之至於斯
也_에 吾未嘗不得見也_{로다} 從者
見之_{한대} 出曰 二三子_는 何患於
喪乎_{리요} 天下之無道也久矣_라
天將以夫子_로 爲木鐸_{이시리라.}

【對譯】

의(儀) 지방의 봉인이 공자를 만나보기를 청하며 말하기를, "군자들이 이곳에 오면 내가 만나보지 않은 적이 없었소." 그러자 공자를 따르던 사람이 공자와 만나게 해주었었다. 공자를 만나보고 나오면서 말하기를, "그대들은 왜 낙망하고 계시오. 세상에 도가 없어진 지 오래 되었으니, 하늘은 장차 우리 선생님으로 하여금 목탁을 삼으실 것이오."

【註釋】

• 의(儀) : 위(衛)의 邑.
• 봉인(封人) : 관명(官名). 국경(國境)을 관장(管掌)했음.

- 종자(從子) : 공자의 제자.
- 상(喪) : 공자가 벼슬을 잃은 것을 말함.
- 이삼자(二三子) : 공자의 문인(門人)을 하(何)해서 부르는 말.
- 부자(夫子) : 공자.
- 목탁(木鐸) : 교령(教令)을 내리기에 앞서 흔들어 사람들에게 알리는 종(鐘). 추가 나무로 된 작은 종으로 문교(文教)에 사용했다. 문화적(文化的) 지도자(指尊者)를 비유한 말.

25

자위소 진미의 우진선야
子謂韶 盡美矣오 又盡善也하시고

위무진미의 미진선야
謂武盡美矣나 未盡善也하시다.

【對譯】

공자가 소악(韶樂)에 대하여 말씀하시기를, "미의 극치를 이루었을 뿐만 아니라 선의 극치도 이루었다"하고 무악(武樂)에 대하여 이르기를, "미의 극치는 이루었지만 선의 극치는 이루지 못하였느니라."

【註釋】

- 소(韶) : 순왕(舜王)이 지은 무악(舞樂). 순왕의 무악
  은 진선진미(盡善盡美)하였다 함.
- 무(武) : 주 무왕(周武王)의 무악(舞樂). 무왕의 무악
  은 장대한 미(美)는 있어도 평화(平和)로운 선(善)
  은 부족(不足)하였다 함.

26

자왈 거상불관 위례불경
子曰 居上不寬하며 **爲禮不敬**하며

임상불애 오하이관지재
臨喪不哀면 **吾何以觀之哉**리요.

【對譯】

공자가 말씀하시기를, "윗자리에 있으면서 너그럽지
않고, 예를 행함에 공경스럽지 않고 상(喪)에 나아가
슬퍼하지 않으면 내 이런 사람에게 무엇을 보리요."

【註釋】

- 거상(居上) : 위에 있음을 말함.
- 임상(臨喪) : 타인(他人)의 장사에 임함.

第四篇 里仁(이인)

1

자왈　이　인　위미　　　택　불　처　인
子曰　里仁이　爲美하니　擇不處仁

언　득　지
이면　焉得知리요.

【對譯】

공자가 말씀하시기를, "마을의 인심이 어질어야 사람의 마음도 아름답게 되는 것이니 어진 곳을 가려서 살지 않는다면 어찌 지혜로운 사람이라 할 수 있으랴."

【註釋】

• 이(里): 옛날 중국에서는 25호의 마을을 이(里)라고 했음.

2

자　왈　불　인　자　　　불　가　이　구　처　약
子曰　不仁者는　不可以久處約이

불　가　이　장　처　락　　　인　자　안　인
며　不可以長處樂이니　仁者安仁하

지　자　이　인
고　知者利仁하니라.

【對譯】

공자가 말씀하시기를, "어질지 않은 자는 곤궁한 곳에 오래 처해 있지 못하며, 안락함에도 길게 처해 있지 못하지만, 어진 사람은 인을 편안히 여기고 지혜로운 사람은 인을 이득으로 여긴다."

【註釋】

• 약(約) : 곤궁(困窮).
• 낙(樂) : 부귀(富貴).

3

> 자 왈 유 인 자 능 호 인 능 오
> 子曰 唯仁者는 能好人하며 能惡
>
> 인
> 人이니라.

【對譯】

공자가 말씀하시기를, "오직 어진 사람만이 타인을 좋아할 수 있고, 타인을 미워할 수 있느니라."

【註釋】

• 유(唯) : 오직
• 오인(惡人) : 다른 사람을 미워함. 惡는 동사로 쓰임.

4

子曰 苟志於仁矣면 無惡也니라.
_{자왈 구지어인의 무악야}

【對譯】

공자가 말씀하시기를, "진실로 인에 뜻을 둔다면 악한
것이 없어지니라."

【註釋】

• 구(苟) : 참으로, 실로.
• 악(惡) : 나쁜 짓.

5

子曰 富與貴는 是人之所欲也나
_{자왈 부여귀 시인지소욕야}

不以其道得之어든 不處也하며 貧
_{불이기도득지 불처야 빈}

與賤은 是人之所惡也나 不以其
_{여천 시인지소오야 불이기}

道得之라도 不去也니라 君子去仁
_{도득지 불거야 군자거인}

이면 惡乎成名이리요 君子無終
_{오호성명 군자무종}

식 지 간　　위 인　　　조 차 필 어 시
食之間을 **違仁**이니 **造次必於是**하

전 패　　필 어 시
며 **顚沛**에 **必於是**니라.

【對譯】

공자가 말씀하시기를, "부와 귀는 사람들이 바라는 것이나, 도로써 얻은 것이 아니라면 그것을 누리지 말아야 한다. 빈과 천은 사람들이 증오하는 것이나, 도로써 얻은 것이라면 피하지 말아야 한다. 군자가 인을 버린다면 어떻게 이름을 이룰 수 있으리요. 군자는 비록 밥 먹는 동안이라도 인을 어기는 일이 없는 것이니, 황급한 때에도 그것을 지키고 위급한 때에도 반드시 그것을 지켜야 하느니라."

【註釋】

• 인지소오(人之所惡) : 어떤 사람이나 싫어하다.
• 불거(不去) : 감수(甘受)하다.
• 종식지간(終食之間) : 한 순갈의 밥을 먹는 짧은 순간.
• 조차(造次) : 아주 급할 때
• 전패(顚沛) : 뒤집어 넘어지다. 매우 위급할 때.

6

子曰 我未見好仁者와 惡不仁者
케라 好仁者는 無以尙之오 惡不
仁者는 其爲仁矣에 不使不仁者
로 加乎其身이니라 有能一日에 用
其力於仁矣乎아 我未見力不足
者케라 蓋有之矣어늘 我未之見也
로다.

【對譯】

공자가 말씀하시기를, "나는 아직까지 제대로 어진 것을 좋아하는 사람과 어질지 않은 것을 미워하는 사람을 보지 못하였도다. 어진 것을 좋아하는 사람이 있다면 더 바랄 것이 없으나, 어질지 않은 것을 싫어하는 사람이라 하더라도 어진 것을 행하는 데 있어서 어질지 않은 것으로 하여금 그 자신의 몸에 붙지 못하게 한다. 하루를 능히 어진 것에 힘쓸 사람이 있는가? 나는 아직 그렇게 하는 데 힘이 모자라는 사람을 보지 못하였노라. 그런 사람이 있을 법한데 나는 아직 그런 사람을 보지 못하였노라."

【註釋】

• 상(尙) : 이것보다 더 한층 높음.
• 개(蓋) : 그러나, 공자가 진정한 인자가 없음을 한탄하면서, 인은 힘으로 하는 것이 아니라 마음가짐이므로 누구나 어진 사람이 될 수 있음을 강조하는 뜻이다.

7

> _{자 왈} _{인 지 과 야} _{각 어 기 당}
> 子曰 人之過也는 各於其黨이니
> _{관 과} _{사 지 인 의}
> 觀過에 斯知仁矣니라.

【對譯】

공자가 말씀하시기를, "사람의 허물은 그 종류에 따라 다른 것이니, 남의 과실을 보면 곧 그가 인자인지 아닌지를 알 수 있느니라."

【註釋】

• 당(黨) : 부류(部類).

• 사(斯) : 곧, 則.

8

子曰 朝聞道면 夕死라도 可矣니라.
자 왈 조 문 도 석 사 가 의

【對譯】
공자가 말씀하시기를, "아침에 도를 들어 깨달으면 저
녁에 죽어도 좋으리라."

【註釋】
• 도(道) : 인간의 도리(道理).
• 가의(可矣) : 유감이 없다.

9

子曰 士志於道한대 而恥惡衣惡
자 왈 사 지 어 도 이 치 악 의 악

食者는 未足與議也니라.
식 자 미 족 여 의 야

【對譯】
공자가 말씀하시기를, "선비가 도에 뜻을 두고도 남루

한 옷과 나쁜 음식을 수치로 여기는 자라면, 더불어 의논하기에 족하지 못하니라."

【註釋】

• 사(士) : 선비.
• 여의(與議) : 더불어 의논하다.

10

자 왈 군 자 지 어 천 하 야 　 　 무 적 야
子曰 君子之於天下也에 **無適也**

무 막 야 　 　 의 지 여 비
하며 **無莫也**하야 **義之與比**니라.

【對譯】

공자가 말씀하시기를, "군자는 이 세상 모든 일에 대해 옳고 그름을 정한 것이 없으며, 오직 의를 좇아서 의와 함께 살아가느니라."

【註釋】

• 어천하(於天下) : 천하(天下)의 온갖 사물에 임하는 태도.
• 적(適) : 오직 한 가지만 좋다고 고집하다.
• 비(比) : 살다.

• 막(莫) : 반대(反對).

11

子曰 君子는 懷德하고 小人은 懷
土하며 君子는 懷刑하고 小人은 懷
惠니라.

【對譯】

공자가 말씀하시기를, "군자는 덕을 생각하지만 소인
은 땅을 생각하고, 군자는 법을 생각하지만 소인은 특
혜를 생각하느니라."

【註釋】

• 회(懷) : 생각하다.
• 형(刑) : 넓은 의미에서의 법.

12

子曰 放於利而行이면 多怨이니라.
<small>자 왈　방 어 리 이 행　　　다 원</small>

【對譯】

공자가 말씀하시기를, "이익에 따라 행동하면 원망이 많으니라."

【註釋】

• 방(放) : 행동을 하다.

13

子曰 能以禮讓爲國乎면 何有며
<small>자 왈　능 이 례 양 위 국 호　　하 유</small>

不能以禮讓爲國이면 如禮何리요.
<small>불 능 이 례 양 위 국　　　여 례 하</small>

【對譯】

공자가 말씀하시기를, "예법과 겸양으로써 다스린다면 무엇이 어렵겠느냐. 그러나 예법과 겸양으로써 나라를 다스리지 못한다면 예제(禮制)가 무슨 소용이 있겠는가."

【註釋】

• 예양(禮讓) : 예법(禮法)과 겸손(謙遜).

• 위국(爲國) : 나라를 다스림.

• 하유(何有) : 문제가 없다.

14

> ^{자 왈} ^{불 환 무 위} ^{환 소 이 립}
> 子曰 不患無位오 患所以立하며
>
> ^{불 환 막 기 지} ^{구 위 가 지 야}
> 不患莫己知오 求爲可知也니라.

【對譯】

공자가 말씀하시기를, "벼슬이 없음을 걱정하지 말고
그런 자리에 설 능력이 없음을 근심할 것이며, 남이
자기를 알아 주지 않음을 근심하지 말고 내가 남에게
알려질 수 있는 능력을 기르도록 애써야 한다."

【註釋】

• 위(位) : 벼슬자리.

• 소이(所以) : 할 이유(理由).

• 위가지(爲可知) : 알려질 수 있는 능력을 기름.

15

자왈 삼호 오도 일이관지
子曰 參乎아 吾道는 一以貫之니

증자왈 유 자출 문인
라 曾子曰 唯라 子出하시거늘 門人

문왈 하위야 증자왈 부자
이 問曰 何謂也니까 曾子曰 夫子

지도 충서이이의
之道는 忠恕而已矣니라.

【對譯】

공자가 말씀하시기를, "삼(參)아, 나의 도는 하나로 관철되어 있느니라." 증자가 말하기를, "예, 그렇습니다." 공자가 밖으로 나가자 공자의 제자들이 묻기를, "무슨 뜻입니까?" 증자가 말하기를, "선생님의 도는 충(忠)과 서(恕)일 뿐입니다."

【註釋】

• 일이관지(一以貫之) : 한 줄기로 관철되어 있음.
• 이의(已矣) : 따름이니라.

16

자 왈　군 자 유 어 의　　소 인 유 어
子曰　君子喩於義하고　小人喩於
리
利니라.

【對譯】

공자가 말씀하시기를, "군자는 의에 밝고 소인은 이욕
에 밝다."

【註釋】

• 유(喩) : 밝히어 앎.
• 이(利) : 개인적인 이익.

17

자 왈　견 현 사 제 언　　견 불 현 이
子曰　見賢思齊焉하며　見不賢而
내 자 성 야
內自省也니라.

【對譯】

공자가 말씀하시기를, "어진 사람을 보고 자신도 그와

같이 되기를 생각하며 어질지 않은 사람을 보면 나 자신에 비추어 반성해야 하느니라."

【註釋】

• 제(齊) : 같다는 뜻임.
• 내자성(內自省) : 자기 마음속 스스로 반성함.

18

子曰 事父母幾諫이니 見志不從하고 又敬不違하며 勞而不怨이니라.

【對譯】

공자가 말씀하시기를, "부모를 섬기되 허물이 있거든 부드럽게 간할 것이니, 간함을 따르지 않더라도 더욱 부모님을 공경하며 괴로워도 원망해서는 안 된다."

【註釋】

• 기(幾) : 부드럽고 모나지 않게 함.
• 노이불원(勞而不怨) : 부모로부터 힘드는 일이 부과되어도 원망하지 않음.

19

^{자 왈} ^{부 모 재}   ^{불 원 유}   ^유
子曰 父母在어시든 不遠遊하며 遊

^{필 유 방}
必有方이니라.

【對譯】

공자가 말씀하시기를, "부모가 살아 계시거든 멀리 나
다니지 말며, 부득이 먼 곳을 가는 일이 있으면 반드
시 가는 곳을 알릴지어다."

【註釋】
• 유(遊) : 여행.
• 방(方) : 자기가 가는 방향.

20

^{자 왈}   ^{삼 년 무 개 어 부 지 도}   ^가
子曰 三年無改於父之道라야 可

^{위 효 의}
謂孝矣니라.

【對譯】

공자가 말씀하시기를, "아버지가 돌아가신 후 삼 년

동안 아버지가 하시던 일을 바꾸지 말아야 가히 효자
라 할 수 있느니라."

【註釋】

• 改:고칠 개.
• 謂:말할 위.

21

子曰 父母之年은 不可不知也니
一則以喜요 一則以懼니라.

【對譯】

공자가 말씀하시기를, "부모의 연세는 늘 기억해야 한
다. 한편으로는 오래 사시는 것을 기뻐하고, 또 한편
으로는 연로하신 것을 두려워해야 하느니라."

【註釋】

• 喜:기쁠 희.
• 懼:두려울 구.

22

子曰 古者言之不出은 恥躬之不
逮也니라.

【對譯】

공자가 말씀하시기를, "옛사람들이 말을 앞세우지 않
았던 것은 실천이 이에 미치지 못함을 부끄럽게 여겼
기 때문이니라."

【註釋】

- 치(恥) : 창피하게 여기다.
- 궁(躬) : 몸소 실천하다.
- 체(逮) : 미치다. 좇다 = 及

23

子曰 以約失之者鮮矣니라.

【對譯】

공자가 말씀하시기를, "삼가면 잃는 것이 적으니라."

【註釋】

• 약(約) : 검약(儉約). 삼감.

24

子曰 君子欲訥於言호대 而敏於 行이니라.

<small>자 왈 군 자 욕 눌 어 언 이 민 어 행</small>

【對譯】

공자가 말씀하시기를, "군자는 말을 더디게 하나 행동은 민첩하게 하고자 하느니라."

【註釋】

• 눌(訥) : 말을 더듬거림.
• 민(敏) : 민첩함.

25

子曰 德不孤라 必有隣이니라.

<small>자 왈 덕 불 고 필 유 린</small>

【對譯】

공자가 말씀하시기를, "덕은 고립되어 있지 않다. 반드시 그 이웃이 있느니라."

【註釋】

· 孤:외로울 고.
· 隣:이웃 린.

26

子游曰 事君數이면 斯辱矣오 朋
又數이면 斯疏矣니라.

【對譯】

자유가 말하기를, "임금을 섬기는 데 있어서 자주 간하면 오히려 욕이 되고, 벗을 사귀는 데 있어서 자주 충고하면 사이가 멀어지게 된다."

【註釋】

· 삭(數):번거롭게 구는 것.
· 소(疏):소홀함.

第五篇　公冶長(공야장)

1

子謂公冶長_{자위공야장}하사대 可妻也_{가처야}로다

雖在縲絏之中_{수재루설지중}이나 非其罪也_{비기죄야}라 하

시고 以其子妻之_{이기자처지}하시다 子謂南容_{자위남용}하

사대 邦有道_{방유도}에 不廢_{불폐}하며 邦無道_{방무도}에

免於刑戮_{면어형륙}이라 하시고 以其兄之_{이기형지}

子妻之_{자처지}하시다.

【對譯】

공자가 이르기를, "공야장은 가히 사위를 삼을 만하
다. 비록 그가 옥중에 있었으나 그것은 그의 죄가 아
니니라"하고 그의 딸을 공야장의 아내로 삼게 하였
다. 공자가 이르기를, "남용(南容)은 나라에 도가 있
으면 버림을 받지 않고, 나라에 도가 없다 하더라도
형벌은 면할 사람이니라"하고, 그 형의 딸을 남용의
아내로 삼게 하였다.

【註釋】

• 공야장(公冶長) : 공자의 제자.

- 처(妻) : 시집보내어 그의 처(妻)로 삼게 하다. 즉 사위로 삼았다는 뜻.
- 누설(縲絏) : 감옥.
- 남용(南容) : 공자의 제자.
- 형륙(刑戮) : 형벌(刑罰)이나 주륙(誅戮).
- 형지자(兄之子) : 공자의 형은 맹피(孟皮)라 했음.

2

子謂子賤하사대 君子哉若人이여

魯無君子者면 斯焉取斯리요.

【對譯】

공자가 자천에게 대해 이르기를, "이 사람이야말로 정말 군자로다. 만약 노나라에 군자가 없었다면, 이 사람이 어찌 이러한 덕을 갖출 수 있었으랴."

【註釋】

- 자천(子賤) : 공자의 제자.
- 약인(若人) : 이와 같은 사람.
- 사언취사(斯焉取斯) : 앞의 사(斯)는 자천(子賤), 뒤의 사(斯)는 도덕(道德). 자천(子賤)이 어찌 그러한 학덕을 배우고 터득했겠느냐?

95

3

子貢_이 問曰 賜也何如_{하나이꼬} 子

曰 女器也_{니라} 曰 何器也_{니이꼬} 曰

瑚璉也_{니라.}

【對譯】

자공이 묻기를, "저는 어떤 사람입니까?" 공자가 말
씀하시기를, "너는 그릇이니라." 자공이 말하기를,
"어떠한 그릇입니까?" 공자가 말씀하시기를, "호련
(瑚璉)이니라."

【註釋】

• 자공(子貢) : 이름이 사(賜).
• 호련(瑚璉) : 제사 때 쓰는 가장 귀중한 옥(玉)으로
만든 그릇.

4

^{혹 왈 옹 야} ^{인 이 불 녕} ^자
或曰 雍也는 仁而不佞이로다 子

^{왈 언 용 녕} ^{어 인 이 구 급}
曰 焉用佞이리요 禦人以口給하야

^{누 증 어 인} ^{부 지 기 인}
屢憎於人하나니 不知其仁이어니와

^{언 용 녕}
焉用佞이리요.

【對譯】

어떤 사람이 말하기를, "옹은 어질기는 하나 말재주가 없는 것 같습니다." 공자가 말씀하시기를, "말재주가 무슨 소용이 있단 말이오." 말로만 남을 상대한다면 오히려 자주 남의 미움만 사는 것이니, 그가 어진지는 알 수 없으나 그 말재주가 필요없다는 뜻이다.

【註釋】

• 옹(雍) : 공자의 제자.
• 영(佞) : 말재주.
• 어(禦) : 응수하다, 상대하다.
• 구급(口給) : 구변(口辯)

5

子使漆雕開仕러시니　對曰　吾斯
之未能信이로다　子說하시다.

【對譯】

공자가 칠조개에게 벼슬을 하라고 하자 칠조개가 대답하기를, "저는 아직 감당할 자신이 없습니다." 이 말을 듣고 공자께서는 매우 기뻐하였다.

【註釋】

• 칠조개(漆雕開) : 공자의 제자.
• 사(仕) : 벼슬하다.
• 열(說) : 기뻐하다.

6

子曰 道不行이라 乘桴浮于海하러니 從我者는 其由與인저 子路聞之喜한대 子曰 由也는 好勇過我하나 無所取材니라.

【對譯】

공자가 말씀하시기를, "도가 행하여지지 않아서 뗏목을 타고 바다로 떠나게 되면, 나를 따를 사람은 유(由)뿐일 게다." 자로는 이 말을 듣고 기뻐하였다. 공자가 말씀하시기를, "유는 용기를 좋아하는 것은 나에 못지 않으나 사리 분별을 잘하지 못한다."

【註釋】

• 부(桴) : 뗏목.

• 유(由) : 공자의 제자.

7

孟武伯問 子路_는 仁乎_{이꼬} 子曰

不知也_{로라} 又問_{한대} 子曰 由也_는

千乘之國_에 可使治其賦也_{어니와}

不知其仁也_{케라} 求也_는 何如_{니이꼬}

子曰 求也_는 千室之邑_과 百乘之

家_에 可使爲之宰也_{어니와} 不知其

仁也_{케라} 赤也_는 何如_{니이꼬} 子曰

赤也_는 束帶立於朝_{하야} 可使與

賓客言也_{어니와} 不知其仁也_{케라.}

【對譯】

맹무백이 묻기를, "자로는 어진 사람입니까?" 공자가
말씀하시기를, "잘 모르겠소." 맹무백이 다시 물었다.
공자가 말씀하시기를, "유는 천승의 나라에 한 부를
맡아서 능히 다스려 나갈 만하나, 그가 인자인지에 대

해서는 잘 모르겠노라." "구(求)는 어떠한 사람입니까?" 공자가 말씀하시기를, "구는 1천 호 되는 고을과 경대부(卿大夫) 집의 가신(家臣) 일을 맡아서 함직하나, 그가 인자인지는 잘 모르겠노라."

【註釋】

• 천승지국(千乘之國) : 병거(兵車) 천승(千乘)을 낼 만한 힘을 가진 나라.
• 부(賦) : 중국 고대에는 전세(田稅)를 단위(單位)로 병(兵)을 내었으므로 병사(兵事)를 부(賦)라 하고 조세(租稅)도 부(賦)라고 함.
• 구(求) : 공자의 제자.
• 적(赤) : 공자의 제자.
• 속대(束帶):예복(禮服)에 두르는 큰 띠를 말하며, 예복(禮服)을 입는 것을 뜻함.

8

子謂子貢曰 女與回也孰愈오 對
曰 賜也何敢望回리이꼬 回也는
聞一以知十하고 賜也는 聞一以
知二하나이다 子曰 弗如也니라
吾與女의 弗如也하노라.

【對譯】

공자가 자공에게 이르기를, "너를 회(回)와 비교하면, 누가 더 낫다고 생각하느냐?" 자공이 대답하기를, "제가 어찌 감히 회와 비교가 되겠습니까. 회는 하나를 들으면 열을 알고, 저는 하나를 들으면 둘을 겨우 아옵니다." 그러자 공자가 말씀하시기를, "그만 못하니라. 나도 너도 모두 그만 못하니라."

【註釋】

• 여(女) : 너 = 여(汝).

• 숙(孰) : 누구.

• 유(愈) : 이김 = 승(勝).

- 사(賜) : 자공(子貢)의 이름.
- 불여야(弗如也) : 불(弗)은 불(不)보다 강(强)한 부정 (否定) 조사(助詞). 여(如)는 급(及). 미치지 못한 다.

9

재 여 주 침　　자 왈 후 목 불 가
宰予晝寢이어늘　子曰 朽木不可

조 야　　분 토 지 장　　불 가 오 야
雕也며 糞土之牆은 不可朽也니

어 여 여 하 주　　자 왈 시 오 어 인
於予與何誅리요 子曰 始吾於人

야　　청 기 언 이 신 기 행　　금 오
也에 聽其言而信其行이러니 今吾

어 인 야　　청 기 언 이 관 기 행
於人也에 聽其言而觀其行하노니

어 여 여　　개 시
於予與에 改是와라.

【對譯】

재여(宰予)가 낮잠을 자거늘 공자가 말씀하시기를, "썩은 나무에는 조각을 할 수 없으며, 썩은 흙으로 쌓 은 담장은 흙손질을 할 수 없으니, 여를 꾸짖은들 무 엇하랴." 공자가 말씀하시기를, "전에는 내가 사람을 볼 때 그 말만 듣고 그 사람의 행실을 믿었으나, 이제 나는 그 말을 듣고 그 사람의 행실까지 살피게 되었으니, 재여 때문에 고치게 되었노라."

【註釋】

• 후목(朽木) : 썩은 나무.

• 조(雕) : 조각함.

• 하주(何誅) : 어찌 나무라겠느냐?

• 오(杇) : 흙손으로 곱게 꾸미는 것.

10

子曰 吾未見剛者케라 或對曰 申
자왈 오미견강자 혹대왈 신

根이나이다 子曰 根也는 慾이어니 焉
정 자왈 정야 욕 언

得剛이리요.
득 강

【對譯】

공자가 말씀하시기를, "나는 아직 강한 사람을 보지 못했노라." 그러자 어떤 사람이 말하기를, "신정이 있습니다." 공자가 말씀하시기를, "정은 욕심이 있으니, 어찌 그를 강한 사람이라 하리요."

【註釋】

• 신정(申棖) : 공자의 제자.
• 언득강(焉得剛) : 어찌 정직할 수 있겠는가?

11

子貢曰　我不欲人之加諸我也를
吾亦欲無加諸人하노이다　子曰　賜
也야　非爾所及也니라.

【對譯】

자공이 말하기를, "남이 나에게 해롭게 하는 것을 바라지 않으므로 나 또한 다른 사람에게 불의를 행하지 않으려고 합니다." 공자가 그 말을 듣고 말씀하시기를, "사(賜)야, 너는 아직 그런 경지에 이르지 못하였느니라." 즉, 내가 원치 않는 일을 남에게 베풀지 말라는 뜻.

【註釋】

• 가(加) : 사람에게 압력을 가한다는 뜻.
• 저(諸) : 지어(之於)의 준말.

12

자 공 왈 부 자 지 문 장   가 득 이 문
子貢曰 夫子之文章은 可得而聞

야   부 자 지 언 성 여 천 도   불
也어니와 夫子之言性與天道는 不

가 득 이 문 야
可得而聞也니라.

【對譯】

자공이 말하기를, "선생님의 문장은 가히 얻어들을 수
있으나, 선생님의 어진 마음에서 우러나오는 말씀과
천도는 얻어들을 수 없었다." 즉 공자의 어진 성품과
하늘의 이치를 말한 진리는 아무나 이해할 수 없다는
뜻이다.

【註釋】

• 부자(夫子) : 선생.
• 성(性) : 인간성.
• 천도(天道) : 하늘의 도리.

13

子路_는 有聞_{이요} 未之能行_{해서} 惟

恐有聞_{하더라.}

【對譯】

자로는 교훈을 듣고 그것을 실행하지 못하였으면, 새로운 교훈을 들을까 두려워하였다. 즉, 가르침을 깨달아 알고 있는 것에 대해서는 반드시 실천해야 한다는 뜻이다.

【註釋】

• 유문(有聞) : 공자로부터 가르침을 듣다.
• 미지능행(未之能行) : 들은 바를 실천하지 못한다.

14

> 자공문왈 공문자 하이위지문
> 子貢問曰 孔文子를 何以謂之文
> 야 자왈 민이호학 불치
> 也니이꼬 子曰 敏而好學하며 不恥
> 하문 시이위지문야
> 下問이라 是以謂之文也니라.

【對譯】

자공이 묻기를, "공문자(孔文子)를 어찌 문(文)이라고 부르게 되었습니까?" 공자가 말씀하시기를, "그는 영민하고 배우기를 좋아하며, 아랫사람에게 묻기를 부끄럽게 여기지 않는 자이므로 문이라고 부르게 되었느니라."

【註釋】

• 민(敏) : 민첩하다.
• 하문(下問) : 나이가 연하(年下)이거나 지위(地位)가 낮은 사람에게 묻는 것을 말함.

15

^{자 위 자 산} 子謂子産하사대 ^{유 군 자 지 도 사 언} 有君子之道四焉

이니 ^{기 행 기 야 공} 其行己也恭하며 ^{기 사 상 야 경} 其事上也敬

하며 ^{기 양 민 야 혜} 其養民也惠하며 ^{기 사 민 야 의} 其使民也義

니라.

【對譯】

공자가 자산을 평하기를, "군자의 네 가지 도를 지니고 있었으니 그 행실에 있어서는 공손하고, 윗사람을 섬김에는 공경하고, 백성을 다스리는 데는 은혜로우며, 그 백성을 부림에 있어서는 의로우니라."

【註釋】

• 자산(子産) : 정(鄭)나라의 왕족(王族)이며 재상(宰相)임.

• 행기(行己) : 자기 자신의 몸가짐.

• 공(恭) : 겸손

• 사상(事上) : 윗사람을 섬김.

• 사민(使民) : 국사(國事)를 위해 국민을 사역(使役)하는 것.

109

16

子曰 晏平仲은 善與人交로다 久
而敬之온여.

【對譯】

공자가 말씀하시기를, "안평중은 사람과의 사귐을 잘
하였다. 오래도록 변함없이 공경하였도다."

【註釋】

• 안평중(晏平仲) : 제(齊)나라 정치가.
• 구이경지(久而敬之) : 교제가 오래 될수록 더욱 존경
  (尊敬)함.

17

子曰 藏文仲居蔡하되 山節藻梲
하니 何如其知也라.

【對譯】

공자가 말씀하시기를, "장문중은 큰 거북을 감추고,

기둥머리의 모진 곳에다 산을 조각하고, 대들보 위의 기둥에는 마름을 그려서 길흉을 빌고자 하니 어찌 그를 지혜로웠다 하랴." 즉 미신을 믿고 숭상하는 사람을 정치를 잘 한다고 해서 지혜롭다 할 수 없다는 뜻이다.

【註釋】

• 장문중(藏文仲) : 노(魯)나라 사람. 공자보다 60여 년 전 사람.

• 거채(居蔡) : 큰 거북을 지니는 것. 居는 藏. 蔡는 큰 거북.

• 산절(山節) : 기둥 끝에 산을 조각(彫刻)했음.

• 조절(藻梲) : 기둥에 무늬를 그리다.

18

子張問曰 令尹子文이 三仕爲令
尹호대 無喜色하며 三已之호대 無
慍色하고 舊令尹之政을 必以告
新令尹하니 何如하나이꼬 子曰 忠

矣_{니라} 曰 仁矣乎_{이까} 曰 未知_{커니}

와 焉得仁_{이리요} 崔子弑齊君_{이어늘}

陳文子有馬十乘_{이러니} 棄而違之

하고 至於他邦_{하야} 則曰 猶吾大

夫崔子也_{라 하고} 違之_{하며} 之一邦_하

야 則又曰 猶吾大夫崔子也_{라 하고}

違之_{하니} 何如_{하니이꼬} 子曰 淸矣_니

라 曰 仁矣乎_{이까} 曰 未知_{커니와}

焉得仁_{이리요.}

【對譯】

자장이 묻기를, "자문은 세 번 벼슬을 하여 영윤이 되었으되 기쁜 기색을 드러내지 않았으며, 세 차례나 벼슬에서 쫓겨났으되 원망의 빛을 나타내지 않고 자기가 맡았던 영윤의 정사를 새로운 영윤에게 인계하였는데, 어떻게 보아야 합니까? 공자가 말씀하시기를, "충이로다." 묻기를, "인이라고도 할 수 있습니까?" 말하기를, "알 수는 없지만, 어찌 인이라 할 수 있겠느냐?" 최자가 제나라의 임금을 죽이자 진문자는 가지고 있던 말 10승을 버리고 다른 나라로 가서 말하기를, "우리 나라의 대부 최자와 같다"고 하고 떠나갔으니, 이 사람은 어떻습니까?" 공자가 말씀하시기를, "깨끗하다." 자장이 묻기를, 어질다고 할 수 있습니까?" 공자가 말씀하시기를, "알 수는 없다. 어찌 어질다고 할 수 있겠느냐."

【註釋】
• 자장(子張) : 공자의 제자.
• 삼사(三仕) : 세 번 벼슬을 함.
• 온색(慍色) : 노여워하는 빛.
• 최자(崔子) : 제(齊)나라 사람. 제(齊)의 군주로 장공(張公)을 시(弑)함.
• 마십승(馬十乘) : 전차(戰車) 일승(一乘)에 말 4필을 부리므로 10승이면 말 40필.

19

季文子三思而後에 行하더니 子聞
之하시고 曰 再斯可矣니라.

【對譯】

계문자는 세 번 생각해 본 후에야 비로소 행동에 옮겼다. 공자가 이 말을 듣고 말씀하시기를, "두 번이면 옳으니라." 즉 모든 일에 신중한 것은 좋지만 지나치면 과단성이 부족하게 된다는 뜻이다.

【註釋】

• 계문자(季文子) : 노(魯)나라 사람으로 지나치게 신중(愼重)한 인품(人品)이었음.
• 삼사이후행(三思而後行) : 무슨 일이든지 세 번이나 깊이 생각하고 나서 실천하는 것.

20

子曰 甯武子는 邦有道則知하고

邦無道則愚하니 其知可及也어니와

其愚는 不可及也니라.

【對譯】

공자가 말씀하시기를, "영무자는 나라에 도가 행하여졌을 때에는 지혜로웠고, 나라에 도가 행하여지지 않

았을 때에는 어리석었다. 그의 지혜는 따를 수 있으
나, 그의 어리석음은 따를 수 없느니라."

【對譯】
• 영무자(甯武子) : 위(衛)나라 사람. 즉, 위나라의 영
　무자는 나라가 어지러울 때 어리석고 미련할 정도
　로 충성을 다해 평정을 되찾았는데 공자가 이에 감
　탄하여 하는 말이다.

21

> 子在陳_{하사} 曰 歸與歸與_{인저} 吾
>
> 黨之小子狂簡_{하여} 斐然成章_{이오}
>
> 不知所以裁之_{로다.}

【對譯】
공자가 진나라에 있을 때 말씀하시기를, "돌아가라,
돌아가. 나의 고향에 있는 제자들은 뜻은 크나 하는
일이 알차지 못하여, 학문은 찬란하지만 재단하는 바
를 알지 못하노라."

【註釋】

• 광간(狂簡) : 뜻이 크고 기상(氣象)이 억세지만 치밀하지 못하고 조잡하다.

• 비연성장(斐然成章) : 찬란하게 문채(文采)를 이룩했다.

• 재(裁) : 올바른 재량(裁量)을 하다.

22

> 자 왈 백 이 숙 제 불 념 구 악
> 子曰 伯夷叔齊는 不念舊惡이라
> 원 시 용 희
> 怨是用希니라.

【對譯】

공자가 말씀하시기를, "백이와 숙제는 남의 지나간 악함을 생각하지 않기 때문에, 원망하는 이가 드물었느니라."

【註釋】

• 백이, 숙제(伯夷, 叔齊) : 고죽(孤竹) 나라의 왕자로 의가 좋은 형제였다.

23

子曰 孰謂微生高直고 或乞醯焉

이러니 乞諸其隣而與之온여.

(ruby) 자왈 숙위미생고직 혹걸혜언
(ruby) 걸저기린이여지

【對譯】

공자가 말씀하시기를, "누가 미생고를 정직하다고 하
느냐. 어떤 사람이 식초를 빌거늘 그 이웃에 가서 빌
려 주었도다." 즉 남의 물건을 가지고 나의 생색을 내
거나 호감을 사려는 짓은 하지 말라는 뜻이다.

【註釋】

• 숙위(孰謂) : 그 누가 ～라 하는가?
• 미생고(微生高) : 성(姓)은 미생(微生), 이름이 고
(高). 노(魯)나라 사람. 정직하다고 소문이 났었음.
• 혜(醯) : 식초.

24

子曰 巧言令色足恭을 左丘明恥
之러니 丘亦恥之하며 匿怨而友其
人을 左丘明恥之러니 丘亦恥之니
라.

【對譯】

공자가 말씀하시기를, "말을 교묘히 꾸며대고 낯빛을
수시로 바꾸어 남을 지나치게 공경하는 것을, 좌구명
은 부끄럽게 여겼는데 나 역시 부끄럽게 여긴다. 원망
을 가슴 속에 숨기고 그 사람과 친한 체하는 것을, 좌
구명은 부끄럽게 여겼는데 나 또한 부끄럽게 여기노
라."

【註釋】

• 주공(足恭) : 지나치게 공손함.
• 구(丘) : 공자의 이름.
• 익(匿) : 마음속 깊이 숨김.

25

안연계로시　　자왈　합각언이
顔淵季路侍러니　子曰　盍各言爾

지　　자로왈　원거마　　의경구
志리요　子路曰　願車馬와　衣輕裘

여붕우공　　　폐지이무감
를　與朋友共하야　敝之而無憾하노이

다　안연왈　원무벌선　　무시로
다　顔淵曰　願無伐善하며　無施勞

자로왈　원문자지지
하노이다　子路曰　願聞子之志하노이다

자왈　노자안지　　붕우신지
子曰　老者安之하며　朋友信之하며

소자회지
少者懷之니라.

【對譯】

안연과 계로가 공자를 모시고 있을 때 공자가 말씀하
시기를, "너희들의 희망을 각각 말해 보지 않겠느
냐?" 자로가 말하기를, "탈 만한 수레와 말 그리고 가
벼운 털옷 등을 친구들과 함께 쓰다가, 그것들을 못
쓰게 된다 하더라도 섭섭해 하지 않는 사람이 되었으
면 합니다." 안연이 말하기를, "선함을 자랑하지 않
고, 남에게 수고로움을 끼치지 않는 것을 원합니다.

자로가 말하기를, "선생님의 뜻을 듣고 싶습니다." 공자가 말씀하시기를, "늙은이를 편안하게 하고, 친구에게는 믿음을 주고, 어린아이에게는 사랑으로 감싸 주는 사람이고 싶구나."

【註釋】

- 안연(顏淵) : 안회(顏回).
- 경구(輕裘) : 가벼운 털옷. 裘＝皮衣.
- 폐(敝) : 파괴의 뜻.
- 벌(伐) : 자랑함.
- 노(勞) : 공적(功績).

26

子曰 已矣乎라 吾未見能見其過
하고 而內自訟者也케라.

【對譯】

공자가 말씀하시기를, "너무하도다! 나는 아직까지 자기의 허물을 보고 반성하는 사람을 보지 못하였도다." 즉 도의가 땅에 떨어져 감을 한탄한 말이다.

【註釋】

• 내자송(內自訟) : 자기 마음속으로 꾸짖다.

27

> 子曰 十室之邑에 必有忠信이 如
> 丘者焉이어니와 不如丘之好學也니
> 라.

【對譯】

공자가 말씀하시기를, "열 집이 사는 고을일지라도 반드시 나와 같은 충(忠)과 신(信)이 있는 사람은 있겠으나, 나처럼 학문을 좋아하는 사람은 없느니라."

【註釋】

• 십실지읍(十室之邑) : 집이 열 채 정도 있는 마을.
• 여구자(如丘者) : 구(丘)와 같은 사람.

第六篇 雍也(옹야)

1

子曰 雍也는 可使南面이로다 仲弓

이 問子桑伯子한대 子曰 可也簡

이니라 仲弓曰 居敬而行簡하야 以

臨其民이면 不亦可乎이꼬 居簡而

行簡이면 無乃太簡乎이꼬 子曰

雍之言이 然하다.

【對譯】

공자가 말씀하시기를, "옹은 가히 남면하여 백성을 다스릴 만하다." 중궁이 자상백자는 어떠냐고 묻자 공자가 대답하기를, "할 만하다. 소탈하니까." 중궁이 또 묻기를, "몸가짐이 조심스럽고 행동하는 데에는 소탈하게 하여 백성들에게 임한다면 역시 좋지 않겠습니까? 그러나 몸가짐이 조심스럽고 행동하는 데에는 소탈하게 하여 백성들에게 임한다면 역시 좋지 않겠습니까? 그러나 몸가짐도 소탈하고 행하는 것도 소탈하다면 너무 소탈한 것이 아니오니까?" 공자가 말씀하시기를, "옹의 말이 그럴듯하구나." 즉 자기 자신에게는 신중하고 대인 관계에는 너그러워야 한다는 뜻이다.

【註釋】

- 옹(雍) : 공자의 제자. 인덕(仁德)이 높았음.
- 남면(南面) : 군왕(君王)이 청정(聽政)하는 자리. 즉, 군왕이 된다는 뜻. 군(君)은 남면(南面)하고 신(臣)은 북면(北面)함.
- 간(簡) : 소탈함. 대범(大凡)함.
- 태간(太簡) : 지나치게 소탈하여 보잘것이 없음.

2

哀公問 弟子孰爲好學이니이꼬 孔子對曰 有顏回者好學하야 不遷怒하여 不貳過하더니 不幸短命死矣라 今也則亡하니 未聞好學者也이다.

【對譯】

애공이 묻기를, "제자 중에서 누가 배우기를 좋아합니

까?" 공자가 대답하시기를, "안회가 있어 학문을 좋아
하고 노여움을 남에게 옮기지 아니하며, 잘못을 두 번
하지 않았으나, 불행하게도 단명하여 일찍 죽은지라 그
가 떠나간 지금은 학문을 좋아한다는 사람을 듣지 못하
였습니다." 즉 공자의 3천 제자 중에 진실로 성인의 덕
을 배우고자 하는 제자는 안회임을 말한 것이다.

【註釋】
• 애공(哀公) : 노(魯)나라의 군주(君主).
• 불천노(不遷怒) : 노여움을 남에게 옮기지 않음.

3

子華使於齊러니 冉子爲其母請

粟한대 子曰 與之釜하라 請益한대

曰 與之庾하라 하니 冉子與之粟五

秉한대 子曰 赤之適齊也에 乘肥

馬하고 衣輕裘하며 吾聞之也하니

君子周急이요 不繼富라 하니라.

【對譯】

자화가 공자의 심부름으로 제(齊)나라에 가게 되어, 염자가 자화의 어머니를 위해 곡식을 보내 줄 것을 청하자, 공자가 말하기를, "여섯 말 넉 되를 보내 주어라." 염유가 더 주기를 요청하자, "열여섯 말을 보내 주어라"하고 공자가 말씀하셨는데, 염자는 곡식 여든 섬을 보내 주었다. 공자가 말씀하시기를, "적(赤)이 제나라에 갈 적에 살찐 말을 타고 가벼운 털옷을 입었다고 들었다. 군자는 곤궁한 사람은 도와 주되 부유한 자를 도와 주지는 않느니라."

【註釋】

• 속(粟) : 곡식의 총칭.
• 부(釜) : 6두 4승(六斗四升).
• 유(庾) : 16두(斗).
• 병(秉) : 60곡(斛).
• 주급(周急) : 당장의 궁핍.
• 불계부(不繼富) : 부자에게 더 보태 주지 않는다.

4

^{자 위 중 궁 왈} ^{이 우 지 자} ^{성 차}
子謂仲弓曰 犁牛之子라도 騂且

^각 ^{수 욕 물 용} ^{산 천} ^{기 사}
角이면 雖欲勿用이나 山川은 其舍

^저
諸아.

【對譯】

공자가 중궁에 대해서 이르기를, "얼룩소의 새끼라도 털이 붉고 뿔이 바르니, 사람들이 비록 제물로 쓰지 않으려 하나, 산천의 신이 그것을 버리려 하겠느냐." 즉, 신분이 천하고 부모가 못났다 하더라도 본인이 똑똑하고 덕이 있으면, 세상에 쓰이게 된다는 뜻이다."

【註釋】

• 이우(犁牛) : 얼룩소.
• 성(騂) : 적색(赤色). 주(周)나라는 적색을 골라서 제사에 사용했음.
• 사(舍) : 버림 = 저(捨).

5

季康子^{계강자}問^문 仲由^{중유}는 可使從政也與^{가사종정야여}

이꼬 子曰^{자왈} 由也果^{유야과}하나 於從政乎^{어종정호}에

何有^{하유}리요 曰^왈 賜也^{사야}는 可使從政也^{가사종정야}

與^여이꼬 曰^왈 賜也達^{사야달}하니 於從政乎^{어종정호}에

何有^{하유}리요 曰^왈 求也^{구야}는 可使從政也^{가사종정야}

與^여이꼬 曰^왈 求也^{구야}는 藝^예하니 於從政^{어종정}

乎^호에 何有^{하유}리요.

【對譯】

계강자가 묻기를, "중유는 가히 정치를 맡길 만합니
까?" 공자가 말씀하시기를, "유는 과단성이 있으니
정치를 맡겨 보는 데 무슨 어려움이 있겠습니까?" 묻
기를, "사(賜)는 가히 정치를 맡길 만합니까?" 말하기
를, "사는 모든 일에 통달해 있으니 정사를 맡아 보는
데 무슨 어려움이 있겠습니까?" 묻기를, "구는 정사
를 맡아 볼 만합니까?" 말하기를, "구는 재능이 많으

니 정사를 맡아 보는 데 무슨 어려움이 있겠습니까?"
즉 정치는 능력 있는 인재를 등용하여 적재적소에 배
치, 소신을 발휘하게 해야 된다는 뜻이다.

【註釋】

- 계강자(季康子) : 노(魯)나라의 대부(大夫).
- 중유(仲由) : 자로(子路)의 字.
- 가사(可使) : 시켜서 ~할 만하다.
- 과(果) : 결단(決斷).
- 사(賜) : 자공(子貢)의 이름.
- 구(求) : 염유(再有)의 이름.

6

백우유질   자문지   자유
伯牛有疾이어늘 子問之하실제 自牖

집 기 수   왈   무 지   명 의 부
執其手하사 曰 亡之로다 命矣夫라

사 인 야   이 유 사 질 야   사 인
斯人也로 而有斯疾也할세 斯人

야   이 유 사 질 야
也로 而有斯疾也할세.

【對譯】
백우가 병이 나자 공자가 문병을 가서 스스로 창문을

통하여 손을 잡으며 말씀하시기를, "희망이 없구나,
천명이다! 이 사람에게 이런 병이 생기다니!" 이 착한
사람에게 이런 병이 생기다니!" 즉, 제자 백우가 불치
의 병에 걸려 죽음을 맞게 되자 애석해 하는 뜻이다.

【註釋】

• 백우(伯牛) : 공자의 제자.
• 유질(有疾) : 회남자(淮南子)에서는 나병이라 했음.
• 유(牖) : 窓
• 무지(亡之) : 이런 병에 걸릴 리가 없다는 뜻임.

7

> 子游爲武城宰러니　子曰　女得人
> 焉爾乎아　曰　有澹臺滅明者하니
> 行不由徑하며　非公事어든　未至嘗
> 於偃之室也하나이다.

【對譯】

자유가 무성의 읍재가 되었을 때 공자가 말씀하시기

를, "너는 인재를 얻었느냐?" 자유가 말하기를, "담대 멸명이란 자가 있는데, 그는 행함에 있어 지름길로 다니지 않고, 공사가 아니면 제 방에 들어오지 않나이다." 즉 작은 지방을 다스려도 역시 밑에 어진 사람이 필요함을 강조하는 뜻이다.

【註釋】

• 자유(子游) : 공자의 제자.
• 무성(武城) : 작은 고을.
• 행불유경(行不由徑) : 좁은 지름길을 가지 않음.
• 언(偃) : 장관(長官)인 나.

8

子曰 孟之反不伐이로다 奔而殿이
러니 將入門할새 策其馬호대 曰 非
敢後也라 馬不進也라 하니라.

【對譯】

공자가 말씀하시기를, "맹지반은 자기 자랑을 하지 않는다. 적에게 패하여 달아날 때에 뒤에서 적을 막았지만 성문에 이르러서는 말에 채찍을 가하면서 '일부러 뒤에 처진 것이 아니라 말이 나아가지 않는구나' 하고 말했느니라."

【註釋】
• 맹지반(孟之反) : 공자와 동시대의 노(魯)나라 사람.
• 벌(伐) : 공(功)을 자랑함.
• 문(門) : 노(魯)나라의 국도(國都) 곡부(曲阜)의 성문 (城門).
• 분이전(奔而殿) : 奔은 패하고 후퇴함. 추격(追擊)하 는 적을 막아서 우군(友軍)의 후퇴에 편리를 제공 함.
• 책(策) : 채찍질을 함.

9

> 자 왈 지 지 자 불 여 호 지 자 호
> 子曰 知之者는 不如好之者요 好
> 지 자 불 여 락 지 자
> 之者는 不如樂之者니라.

【對譯】
공자가 말씀하시기를, "도를 알기만 하는 자는 좋아하 는 자만 같지 못하고, 좋아하는 자는 즐기는 자만 같지 못하니라."

【註釋】

• 지지(知之) : 之는 道.

10

자 왈　지 자 요 수　　인 자 요 산
子曰 知者樂水하고 仁者樂山이니

지 자 동　　인 자 정　　지 자 락
知者動하고 仁者靜하며 知者樂하고

인 자 수
仁者壽니라.

【對譯】

공자가 말씀하시기를, "지자는 물을 좋아하고, 인자는
산을 좋아한다. 지자는 움직이나 인자는 고요하다. 그
리고 지자는 즐겁게 살고, 인자는 오래 사느니라."

【註釋】

• 지자요수(知者樂水) : 지혜로운 사람은 사리에 통달
　하여 지체하지 않음이 흐르는 물과 같으므로 물을
　좋아함.

11

子曰 君子博學於文이요 約之以

禮면 亦可以弗畔矣夫인저.

【對譯】

공자가 말씀하시기를, "군자는 널리 학문을 배우고 예(禮)로써 단속한다면 역시 도에 어긋나지 않느니라." 즉 지식을 구하되 예로써 구하라는 뜻이다.

【註釋】

• 약(約) : 중요한 것을 제약(制約)함.
• 반(畔) : 배반(背叛).

12

子貢曰 如有博施於民而能濟

衆인댄 何如니이꼬 可謂仁乎이꼬 子

曰 何事於仁이리요 必也聖乎인저

^{요 순} ^{기 유 병 저} ^{부 인 자}
堯舜도 其猶病諸시니라 夫仁者는

^{기 욕 립 이 립 인} ^{기 욕 달 이 달}
己欲立而立人하며 己欲達而達

^인 ^{능 근 취 비} ^{가 위 인 지 방}
人이니라 能近取譬면 可謂仁之方

^{야 이}
也已니라.

【對譯】

자공이 말하기를, "백성들에게 널리 은덕을 베풀어 능히 무리를 구제하는 사람이 있다면 어떠합니까? 어질다고 말할 수 있겠습니까?" 공자가 말씀하시기를, "어찌 인자에 그치랴, 반드시 성인이니라. 요순 같은 사람도 그렇게 하기에는 부족함을 느끼셨을 것이니라. 어진 사람은 자기가 서고 싶으면 남을 세워 주고, 자기가 이루고자 하는 마음이 생기면 다른 사람이 달하게 해주는 것이니라. 자기를 미루어 남을 이해할 수 있다면 그것이 바로 인에 이르는 방법이라 할 수 있느니라."

【註釋】

- 병(病) : 근심하다.
- 비(譬) : 비유.
- 달(達) : 성취.

第七篇 述而(술이)

1

^{자 왈　술 이 부 작　　　신 이 호 고}
子曰 述而不作하며 信而好古를

^{절 비 어 아 노 팽}
竊比於我老彭하노라.

【對譯】

공자가 말씀하시기를, "옛것을 전술하되 만들어내지
는 말며, 옛것을 믿고 좋아함을 나는 가만히 노팽에게
비기어 보노라." 즉 공자는 창작이 아니고, 과거의 고
전(古典), 선왕(先王)의 도(道)를 전술(傳述)할 따름이
라고 해명하였다.

【註釋】

• 절비(竊比) : 몰래 나를 비유한다.
• 노팽(老彭) : 은(殷)나라 사람으로 고사(古事)를 즐겨
　전술(傳述)한 사람.

2

^{자 왈　묵 이 지 지　　　학 이 불 염}
子曰 默而識之하며 學而不厭하며

^{회 인 불 권　　하 유 어 아 재}
誨人不倦이 何有於我哉오.

【對譯】

공자가 말씀하시기를, "묵묵히 깨달으며 배움에 있어 싫어하지 않고, 남을 가르침에 게을리하지 아니하니, 그 밖에 또 무엇이 나에게 있단 말이오."

【註釋】

• 묵이지지(默而識之) : 묵묵히 마음속 깊이 새겨둠.

• 회(誨) : 가르치다. 교(敎)와 동의(同義).

• 하유어아재(何有於我哉) : 나에게 무엇이 있겠는가. 아무것도 없다.

3

> 자 왈 덕 지 불 수 　학 지 불 강 　 문
> 子曰 德之不修와 學之不講과 聞
> 의 불 능 사 　 불 선 불 능 개 　 시
> 義不能徙하며 不善不能改는 是
> 오 우 야
> 吾憂也니라.

【對譯】

공자가 말씀하시기를, "덕이 닦아지지 않는 것과, 학문이 익혀지지 않는 것과 의를 듣고도 실천하지 못하는 것과, 선하지 않음을 능히 고치지 못하는 것이 바로 나의 걱정이니라."

【註釋】
• 강(講) : 습(習)과 동의(同義).
• 사(徙) : 천선(遷善). 나쁜 짓을 고쳐 착하게 됨.

4

子謂顏淵曰 用之則行하고 舍之
則藏을 唯我與爾有是夫인저 子
路曰 子行三軍이면 則誰與시리이꼬
子曰 暴虎馮河하여 死而無悔者를
吾不與也니 必也臨事而懼하며
好謀而成者也니라.

【對譯】
공자가 안연에게 말씀하시기를, "등용되면 나아가 도
를 행하고 버려지면 물러나서 들어앉는다고 한 말은,

오직 나와 너만이 할 수 있는 일이다." 자로가 묻기를, "만약 선생님께서 삼군(三軍)을 거느리신다면, 누구와 더불어 하시겠습니까?" 공자가 말씀하시기를, "맨손으로 호랑이에게 달려들고, 맨발로 강을 건너다가 죽어도 후회하지 않는 그런 무모한 사람과는 같이 하지 않을 것이니라. 반드시 어려운 일에 임하여 두려워하며, 미리 계획을 세워서 성공하는 사람과 함께 할 것이니라."

【註釋】

• 사(舍) : 사(捨)와 동의(同義).
• 유시(有是) : 이러한 생활태도를 갖고 있다.
• 포(暴) : 박(搏). 범을 맨손으로 침.
• 빙하(馮河) : 강을 맨발로 걸어 건너는 것.

5

子曰 富而可求也인댄 雖執鞭之
士라도 吾亦爲之어니와 如不可求인
댄 從吾所好하리라.

【對譯】

공자가 말씀하시기를, "부를 구해서 옳은 일이라면 비록 마부 노릇이라 할지라도, 나는 하겠노라. 그러나 그것을 구함이 옳지 않다면 내가 좋아하는 바에 따라 살리라."

【註釋】

• 집편(執鞭) : 마부. 채찍을 잡다.
• 종오소호(從吾所好) : 내가 좋아하는 바를 좇겠다. 즉 내 취미대로 산다는 뜻.

6

> 子曰 飯疏食飲水하고 曲肱而枕
> 之라도 樂亦在其中矣니 不義而
> 富且貴는 於我如浮雲이니라.

【對譯】

공자가 말씀하시기를, "거친 밥을 먹고, 물을 마시고, 팔베개를 하고 살지라도 즐거움이 또한 그 가운데 있는 법이니, 의롭지 않은 부귀는 나에게 있어 뜬구름과 같으니라."

【註釋】

• 소사(疏食) : 거친 나물밥.

• 굉(肱) : 팔꿈치

• 부차귀(富且貴) : 부하고 귀한 것.

7

섭공   문공자어자로   자로
葉公이 **問孔子於子路**어늘 **子路**
부대   자왈   여해불왈 기위인
不對한대 **子曰 女奚不曰 其爲人**
야 발분망식   낙이망우   부
也發憤忘食하며 **樂以忘憂**하야 **不**
지로지장지운이
知老之將至云爾오.

【對譯】

섭공이 자로에게 공자에 대해 물었으나 자로가 대답하지 못하자 공자가 말씀하시기를, "너는 왜 말을 하지 않았는가? 이렇게 말할 것이지! 그의 사람됨은 학문에 발분하면 식사를 잊고, 학문을 즐김에 걱정을 잊으며, 늙어가는 것조차 알지 못한다고." 즉 학문과 덕이 완성된 노후에도 식사도 잊은 채 학문에 몰두하는 공자의 면모를 볼 수 있는 문장이다.

【註釋】

• 여해불왈(女奚不曰) : 자네는 왜 말하지 않았는가?
• 위인(爲人) : 인간됨.

8

子曰 三人行에 必有我師焉이니
擇其善者而從之요 其不善者而
改之니라.

【對譯】

공자가 말씀하시기를, "세 사람이 함께 가면 반드시 나의 스승이 있느니라. 그 착한 사람을 가려서 따를 것이고, 그 악한 점을 가려내 잘못을 고쳐야 하느니라."

【註釋】

• 삼인행(三人行) : 세 사람이 함께 길을 가다.
• 택(擇) : 고르다. 선택하다.

9

子曰 君子坦蕩蕩이요 小人長戚
戚이니라.

【對譯】

공자가 말씀하시기를, "군자는 마음이 평정하며 넓고,
소인은 항상 걱정에 싸여 마음이 초조하니라."

【註釋】

• 탕탕(蕩蕩) : 넓고도 너그럽다.
• 장척척(長戚戚) : 걱정이 많은 모습.

10

子는 溫而厲하시며 威而不猛하시며
恭而安이러시다.

【對譯】

공자는 온화하되 엄숙하며, 위엄이 있으나 지나쳐서

사납지 않으며, 공손하면서도 자연스러웠다.

【註釋】

• 온(溫) : 온화함.
• 려(厲) : 엄숙함.

第八篇 泰伯(태백)

1

子曰 泰伯은 其可謂至德也已矣

로다 三以天下讓하되 民無德而稱

焉이온여.

【對譯】

공자가 말씀하시기를, "태백이야말로 덕이 지극하다
고 할 수 있느니라. 그러나 그는 여러 번 천하를 사양
하였는데도 그의 덕을 칭찬하는 백성들이 없었다." 즉
지극한 덕은 남에게 드러나지 않는다는 뜻이다.

【註釋】

• 태백(泰伯) : 주(周) 대왕(大王)의 장자(長子).
• 민무덕이칭언(民無德而稱焉) : 태백(泰伯)이 은밀히 양
  보했으므로, 일반 백성들이 찬양할 길이 없었음.

2

子曰 恭而無禮則勞하고 愼而無
禮則葸하고 勇而無禮則亂하고 直
而無禮則絞니라 君子篤於親則
民興於仁하고 故舊不遺하면 則民
不偸니라.

【對譯】

공자가 말씀하시기를, "공손하되 예가 없으면 고생스
럽고, 신중하되 예가 없으면 남이 두렵게 여기고, 용
감하면서 예가 없으면 난폭해지고, 곧되 예가 없으면
긴박하여진다. 군자가 부모님에게 독실하게 하여 대하
면 백성들 사이에 인의 기풍이 일어나고, 옛친구를 버
리지 않으면 백성이 각박하여지지 않느니라."

【註釋】

· 시(葸) : 겁내다.
· 교(絞) : 졸라매다.
· 투(偸) : 박(薄)과 동의(同義).

3

曾子有疾이어늘 孟敬子問之러니

曾子言曰 鳥之將死에 其鳴也哀

하고 人之將死에 其言也善이니라

君子所貴乎道者三이니 動容貌에

斯遠暴慢矣며 正顏色에 斯近信

矣며 出辭氣에 斯遠鄙倍矣니 籩

豆之事則有司存이니라.

【對譯】

증자가 병이 나자 맹경자가 문병을 하였더니 증자가
말하기를, "새가 죽음에 임하면 그 울음이 애처롭고,
사람이 죽음에 임하면 그 말이 선하여지는 것이오. 군
자가 도를 실천하는 데에는 귀중하게 여기는 것이 세
가지가 있소. 몸가짐에는 난폭하고 교만함을 멀리하
고, 안색을 바르게 하여 신의가 있어야 하오. 그리고
제사에 변두를 놓는 일은 맡아볼 사람이 따로 있을 거
요."

【註釋】

• 맹경자(孟敬子) : 노(魯)나라의 대부(大夫).

• 동용모(動容貌) : 예(禮)에 맞게 행동한다는 뜻.

• 비배(鄙倍) : 사리에 어긋남.

• 변두(籩豆) : 둘 다 제기(祭器)의 일종. 변(籩)은 죽제(竹製)이며, 두(豆)는 (木製)임.

4

증자왈 이능문어불능 이다
曾子曰 以能問於不能하며 以多

문어과 유약무 실약허
問於寡하며 有若無하며 實若虛하며

범이불교 석자오우상종사어
犯而不校를 昔者吾友嘗從事於

사의
斯矣러니라.

【對譯】

증자가 말하기를, "유능하면서 무능한 사람에게 물어보고, 많이 알면서 적게 알고 있는 사람에게 물어보며, 도를 지녔으면서도 남보기에는 없는 것같이 하고, 덕이 실하되 허하며, 또 나에게 욕을 보아도 따지고 다투지 않는다. 지난날 나의 친구 하나가 이를 실천했느니라."

【註釋】

• 문어불능(問於不能) : 자기보다 재능이 없는 사람에게 묻는 것.

• 범이불교(犯而不校) : 침범(侵犯)을 당해도 싸우고 다투지 않는 것. 교(校)는 보(報)의 뜻.

5

증자왈 사불가이불홍의 임중
曾子曰 士不可以不弘毅니 任重

이도원 인이위이임 불
而道遠이니라 仁以爲已任이니 不

역중호 사이후이 불역원호
亦重乎아 死而後已니 不亦遠乎

아.

【對譯】

증자가 말하기를, "선비는 뜻이 크고 마음이 꿋꿋하지 않으면 안 되는 것이니 소임은 중대하고 갈 길은 멀기 때문이다. 인을 베푸는 것을 자기의 소임으로 하니, 어찌 중대하지 아니한가. 죽은 다음에야 끝이 나니 어찌 멀지 아니한가!"

【註釋】

• 불가이불(不可以不) : ~하지 않을 수 없다.
• 인이위이임(仁以爲已任) : 仁을 임무로 삼음.

6

子曰 篤信好學하며 守死善道니라
危邦不入하고 亂邦不居하며 天下
有道則見하고 無道則隱이니라 邦
有道에 貧且賤焉이 恥也며 邦無
道에 富且貴焉이 恥也니라.

【對譯】

공자가 말씀하시기를, "굳게 믿고 배우기를 좋아하며,
착한 도(道)를 죽음으로 지켜라. 위태로운 나라에는
들어가지 말고, 혼란한 나라에는 살지 말며, 천하에
도가 행하여지면 나가고 도가 없으면 들어가 숨어라.
나라에 도가 있으면 가난하고 천하게 사는 것이 부끄
러운 것이요, 나라에 도가 행하여지지 않는데 부를 누
리고 귀하게 살면 부끄러운 것이니라."

【註釋】

• 독신호학(篤信好學) : 도(道)를 믿어 그것을 터득하고 구현하기 위하여 열심히 학문을 함.
• 유도즉현(有道則見) : 나타나서 사회 참여를 함.

7

舜^순有^유臣^신五^오人^인에 而^이天^천下^하治^치하고 武^무

王^왕曰^왈 予^여有^유亂^란臣^신十^십人^인이라 하거늘 孔^공

子^자曰^왈 才^재難^난이 不^불其^기然^연乎^호아 唐^당虞^우之^지

際^제於^어斯^사爲^위盛^성하니 有^유婦^부人^인焉^언이라 九^구

人^인而^이已^이니라 三^삼分^분天^천下^하有^유其^기二^이하사

以^이服^복事^사殷^은하시니 周^주之^지德^덕은 其^기可^가謂^위

至^지德^덕也^야已^이矣^의로다.

【對譯】

순은 5명의 신하가 있어 나라를 잘 다스렸다. 무왕이 말하기를, "나는 열 명의 신하가 있어 나라를 잘 다스

렸다." 공자가 말하기를, "인재를 구하기가 힘들다 하더니 과연 그렇구나. 요와 순의 교체기에 주조(周朝)에 인재로 태평성세를 이루었다 하나, 무왕의 신하 중에는 부인이 한 사람 있으니 실은 아홉 사람뿐이었다." 천하의 3분의 2를 가지고도 은나라에 복종하였으니, 주나라의 덕이야말로 지극한 덕이라 할 수 있도다.

【註釋】

• 당우지제(唐虞之際) : 설(說)이 많으면서 마땅치 않음.

• 어사위성(於斯爲盛) : 주대(周代)에 인재(人材)에 있어서 가장 흥성(興成)한 때였음.

8

子曰 禹는 吾無間然矣로다 菲飮
食而致孝乎鬼神하시며 惡衣服而
致美乎黻冕하시며 卑宮室而盡力
乎溝洫하시니 禹는 吾無間然矣로다.

【對譯】

공자가 말씀하시기를, "우에 대하여서는, 내 흠잡을 것이 없도다. 자신은 변변치 못한 음식을 먹으면서도 조상에게는 풍부한 제물을 바쳤고, 평소의 의복은 검소하였으나 제사의 예복은 아름답게 하였고, 기처하는 궁실은 허술하게 지어 살면서, 농사에 물댈 도랑을 내는 데는 전력을 다하였으니, 우에 대하여서는 나로서는 비판할 바가 없도다."

【註釋】

• 간연(間然) : 흠을 잡아서 비난함.
• 비(菲) : 박(薄)함.
• 불면(韍冕) : 불은 가죽으로 무릎을 가리는 제복. 면(冕)은 예관(禮冠).
• 구혁(溝洫) : 가뭄과 장마에 대비하는 수로(水路).

第九篇 子罕(자한)

1

子罕言利하시며 與命하시며 與仁이시더라.

【對譯】

공자는 이익과 운명과 인에 관해서는 말하는 일이 드물었다.

【註釋】

• 한언(罕言) : 드물게 말함.
• 명(命) : 운명.

2

達巷黨人曰 大哉라 孔子여 博學而無所成名이로다 子聞之하시고 謂門弟子曰 吾何執고 執御乎아 執射乎아 吾執御矣리라.

【對譯】

달항당 사람이 말하기를, "위대하도다, 공자여. 박학하면서도 이름을 드러내는 일이 없도다." 공자가 이 말을 듣고 제자들에게 이르기를, "내가 무엇으로 이름을 낼까. 마부를 할까, 활쏘기를 택할까. 나는 마부를 택하리라."

【註釋】

• 달항(達巷) : 마을 이름.

• 당인(黨人) : 마을 사람. 당(黨)은 5백 가호(家戶)의 마을.

• 오하집(吾何執) : 어떤 부분을 맡아 가지고 이름을 낼까?

• 어(御) : 수레 모는 기술.

3

子曰 麻冕이 禮也어늘 今也純儉이라 吾從衆하리라 拜下禮也어늘 今拜乎上하니 泰也라 雖違衆이나 吾從下하리라.

【對譯】

공자가 말씀하시기를, "삼실로 만든 관을 쓰는 것이
예의이나 오늘날 명주실 관을 쓰는 것은 간편하게 하
기 위해서이니, 나는 여러 사람을 따르리라. 임금에게
는 당(堂) 아래에서 절을 하는 것이 예의이나 오늘날
당 위에서 절을 하는 것은 교만한 것이니, 비록 사람
들과는 어긋난다 하더라도 나는 당 아래서 절하는 것
을 따르리다."

【註釋】

• 순(純) : 명주실.
• 태야(泰也) : 교만함.

4

> 자 절 사　　　무 의 무 필 무 고 무 아
> **子絶四**러시니　**毋意毋必毋固毋我**
>
> 러시다.

【對譯】

공자는 네 가지를 절대 안 하였다. 억측하는 일이 없
고, 장담하는 일이 없으며, 고집하지 않고, 이기적인
일이 없었다.

【註釋】

- 무(毋) : 무(無)와 동의(同義).
- 필(必) : 억지를 무릅쓰고 관철하는 것.
- 아(我) : 자기만을 내세움.

5

子畏於匡이러시니 曰 文王旣沒하시니 文不在茲乎아 天之將喪斯文也신댄 後死者不得與於斯文也어니와 天之未喪斯文也시니 匡人其如予何리요.

【對譯】

공자가 광(匡) 땅에서 위태로운 지경에 빠졌을 때 말씀하셨다. "문왕은 이미 가셨으나, 그의 문화가 여기에(이 몸에) 남아 있지 않느냐. 하늘이 이 문화를 버리려 하였다면 후세 사람으로 하여금 이 문화에 참여치 못하게 하였을 것이다. 그러나 하늘이 이 문화를 버리지 않을진대, 광 땅의 사람들이 나를 어찌하겠느냐?"

【註釋】

• 외(畏) : 무서운 봉변을 당했다는 말.

• 광(匡) : 지명(地名).

• 부득여(不得與) : 문화전통을 같이 나누어 갖지 못함.

6

태재문어자공왈 부자 성자여
太宰問於子貢曰 夫子는 聖者與

하 기 다 능 야　　자 공 왈
아 何其多能也오 子貢曰

고 천 종 지 장 성　　우 다 능 야
固天縱之將聖이요 又多能也시니라

자 문 지 왈 태 재 지 아 호 오 소
子聞之曰 太宰知我乎아 吾少

야 천　고　다 능 비 사　군 자
也賤이라 故로 多能鄙事호니 君子

다 호 재 부 다 야 노 왈 자 운
多乎哉아 不多也니라 牢曰 子云

오 불 시 고 예
吾不試故로 藝라 하시니라.

【對譯】

태재가 자공에게 묻기를, "공자께서는 성인이십니까?
어찌 그리도 다재다능하십니까?" 자공이 대답하기를,

"선생님께선 하늘이 내려 주신 장래의 성인이시고, 또 다재다능하십니다." 공자가 이 말을 듣고 말씀하시기를, "태재야말로 나를 바로 아는구나. 나는 젊었을 때, 천하게 지냈기 때문에 변변찮은 잔재주에 능하게 되었느니라. 군자가 재능이 많아야 하는가? 다 능할 필요가 없느니라." 노가 말하기를, "선생님께서는 '나는 세상에서 써주지 않았기 때문에 예를 익히게 되었느니라' 하고 이르셨느니라."

【註釋】
• 태재(太宰) : 재상(宰相).
• 종(縱) : 마음껏 뻗어나가게 함.
• 비사(鄙事) : 하찮은 일.
• 노(牢) : 공자의 제자.
• 예(藝) : 모든 기능을 가리킴.

7

子曰 吾有知乎哉아 無知也로다

有鄙夫問於我호되 空空如也라도

我叩其兩端而竭焉하노라.

【對譯】

공자가 말씀하시기를, "내가 아는 것이 있는가, 아는
것이 없노라. 그러나 무지한 사람이 나에게 물어오면
그 사람이 아무리 무지하다 하더라도 나의 성의를 다
하여 처음부터 끝까지 가르쳐 주겠노라."

【註釋】

• 비부(鄙夫) : 무식한 사람.
• 공공여(空空如) : 성실성이 없음.
• 단(端) : 속에 든 지식을 모두 털어냄.
• 갈(竭) : 성의를 다함.

8

子曰 鳳凰不至하며 河不出圖하니
吾已矣夫인저.

【對譯】

공자가 말씀하시기를, "봉황새가 오지 않고, 용마가
황하에서 그림을 지고 나오지도 않으니, 나는 이제 어
찌할 수 없노라." 즉 끝내 때를 못 만나 뜻을 이루지
못하고 일생을 마치는 공자의 만년의 말이다.

【註釋】

• 봉황(鳳凰) : 성왕(聖王)이 나와 덕치(德治)를 하면
   나타난다는 상상의 새.
• 하도(河圖) : 성왕(聖王)이 나타나면 황하(黃河) 속에
   서 나온다는 도문(圖文).
• 이의부(已矣夫) : 다 되었구나! 가망이 없구나.

9

子見齊衰者와 冕衣裳者와 與瞽
者하시고 見之雖少必作하시며 過之
必趨러시다.

【對譯】

공자는 상복을 입은 자와 관복을 입은 사람과 맹인을
보면 비록 연소자라 하더라도 반드시 일어났으며, 그
들의 앞을 지날 때에는 반드시 빨리 지나갔다.

【註釋】

• 자최(齊衰) : 상복.
• 면의상자(冕衣裳者) : 면(冕)은 관(冠)과 동의(同義).

즉 관복(冠服)을 한 사람.

- 고자(瞽者) : 소경.

- 작(作) : 입(立)과 동의(同義).

10

<blockquote>

顔淵_{안연}이 喟然歎曰_{위연탄왈} 仰之彌高_{앙지미고}하며

鑽之彌堅_{찬지미견}하며 瞻之在前_{첨지재전}이러니 忽_홀

焉在後_{언재후}로다 夫子循循然善誘人_{부자순순연선유인}하

사 博我以文_{박아이문}하고 約我以禮_{약아이례}하시니라

欲罷不能_{욕파불능}하야 旣竭吾才_{기갈오재}하니 如有_{여유}

所立_{소립}이 卓爾_{탁이}라 雖欲從之_{수욕종지}나 末由_{말유}

也已_{야이}로다.

</blockquote>

【對譯】

안연이 탄식하여 말하기를, "선생님의 도는 우러러볼
수록 더욱 높고, 뚫고 들어갈수록 더욱 견고하며, 앞
에 있는 것을 본 것 같으면 어느새 뒤에 와 있다. 선생

님께서는 사람을 차근차근히 잘 달래어 이끌어 나가신
다. 학문으로써 나의 지혜를 넓혀 주시고, 예로써 나
의 행위를 다듬어 주신다. 그만두려 하여도 할 수 없
는 것은 나의 재주를 다하여 쫓아가 보면 서 있는 바
가 다시 우뚝한 모양 같기 때문이다. 그래서 그것을
좇으려고 하지만 좇을 길이 없도다."

11

子^자疾^질病^병이시어늘 子^자路^로使^사門^문人^인으로 爲^위

臣^신이러니 病^병間^간曰^왈久^구矣^의哉^재라 由^유之^지行^행

詐^사也^야여 無^무臣^신而^이爲^위有^유臣^신하니 吾^오誰^수

欺^기오 欺^기天^천乎^호아 且^차予^여여 與^여其^기死^사於^어

臣^신之^지手^수也^야론 無^무寧^녕死^사於^어二^이三^삼子^자之^지

手^수乎^호아 且^차予^여縱^종不^부得^득大^대葬^장이나 予^여

死^사於^어道^도路^로乎^호아.

님께서는 사람을 차근차근히 잘 달래어 이끌어 나가신
다. 학문으로써 나의 지혜를 넓혀 주시고, 예로써 나
의 행위를 다듬어 주신다. 그만두려 하여도 할 수 없
는 것은 나의 재주를 다하여 쫓아가 보면 서 있는 바
가 다시 우뚝한 모양 같기 때문이다. 그래서 그것을
좇으려고 하지만 좇을 길이 없도다."

11

子疾病이시어늘 子路使門人으로 爲
臣이러니 病間曰久矣哉라 由之行
詐也여 無臣而爲有臣하니 吾誰
欺오 欺天乎아 且予여 與其死於
臣之手也론 無寧死於二三子之
手乎아 且予縱不得大葬이나 予
死於道路乎아.

【對譯】

공자의 병이 심하여지자, 자로가 제자들로 하여금 가신을 삼아 공자 사후의 장례를 치르려 하였다. 공자가 병이 좀 나아지자 자로를 책망하여 말씀하시기를, "오래되었구나. 유가 거짓을 행한 지가. 나에게는 지금 가신이 없는데도 가신이 있는 것처럼 하였으니 내가 누구를 속이리요! 하늘을 속일 것인가? 또 나는 가신의 손에 안겨서 죽는 것보다 차라리 제자들의 손에 안겨서 죽으리라. 또 내가 대장의 예를 받지 못한다 하더라도, 나에게는 제자들이 있는데 나의 시체가 길가에 버려지겠는가." 즉, 공자가 만년에 병이 들자 제자 자로가 성대하게 장례를 치를 생각을 하자 이를 나무라는 뜻으로 한 말이다.

12

子欲居九夷러니 或曰 陋커늘
如之何이꼬 子曰 君子居之면 何
陋之有.

【對譯】

공자가 동쪽 오랑캐의 땅에 가서 살기를 바라셨다. 이

에 어떤 사람이 말하기를, "누추할 터인데 어떻게 살
겠습니까?" 공자가 말씀하시기를, "군자가 거처하니
어찌 누추함이 있으리요!" 즉 문화가 발달한 반면 인
간의 순수성이 상실되어 가고 있는 중국에서 뜻을 펼
수 없자, 미개한 나라에 가서 어진 덕을 이루어 보려
는 생각에서 한탄한 말이다.

【註釋】

• 구이(九夷) : 동방의 여러 민족.

• 누(陋) : 누추하다.

13

> 자 왈   출 즉 사 공 경   입 즉 사 부
> **子曰 出則事公卿**하고 **入則事父**
> 형   상 사 불 감 불 면   불 위 주
> **兄**하며 **喪事不敢不勉**하며 **不爲酒**
> 곤   하 유 어 아 재
> **困**이 **何有於我哉**오.

【對譯】

나가면 임금이나 대부를 섬기고, 집에 들어오면 부형
을 섬기며, 정성을 다하여 상사를 치르며, 술에 마음
이 난잡해지지 아니함을 어찌 난들 못하겠는가." 즉
술을 도(度)에 넘치게 마시지 않는다.

【註釋】
- 공경(公卿) : 삼공(三公)과 구경(九卿). 고위고관.
- 면(勉) : 힘과 정성을 다하여 장사(葬事)을 치름.

14

> 　　　자 재 천 상 왈 　　서 자 여 사 부 　　　불
> **子在川上曰 逝者如斯夫**인저 **不**
>
> 　　사 주 야
> **舍晝夜**로다.

【對譯】
공자가 냇가에서 말씀하시기를, "가는 것이 모두 이와 같구나. 밤낮으로 흘러 쉬는 일이 없구나." 즉, 세월이 가고, 인생이 가고 모든 것이 변천하여 가는 것을 말한 것이다.

【註釋】
- 서(逝) : 가다. 지나가 버리다.
- 여사부(如斯夫) : 부(夫)는 탄사(嘆詞). 이같은 것일까!
- 사(舍) : 쉬는 것.

15

子曰 譬如爲山에 未成一簣하야
止도 吾止也며 譬如平地에 雖覆
一簣나 進도 吾往也니라.

【對譯】

공자가 말씀하시기를, "학문을 비유컨대 마치 산을 쌓음과 같아서 한 삼태기를 마저 이루지 못하고 그만두어도 내가 멈춘 것이며, 비유컨대 땅을 평평하게 하는 것과 같아서 비록 흙 한 삼태기를 부었다 하더라도 나아감은 내가 나아감이니라." 즉 학문을 함에 있어서 전진과 후퇴는 결국 그 책임이 모두 자신에게 있다는 뜻이다.

【註釋】

• 비여(譬如) : 비유하자면 ~와 같다.
• 궤(簣) : 흙을 운반하는 삼태기.
• 복(覆) : 흙을 부어 덮는다.

16

子謂顏淵曰 惜乎라 吾見其進也
오 未見其止也호라.

【對譯】

공자가 안연을 평하여 말하기를, "애석하구나! 내 그의 도와 학문이 나아가는 것은 보았으나, 아직 그것이 멈추는 것을 보지 하였노라." 즉 학문을 좋아하고 부지런히 실천하는 안회의 짧은 생애를 애석해 하는 글임.

17

子曰 後生可畏니 焉知來者之不
如今也라오 四十五十而無聞焉이
면 斯亦不足畏也已니라.

【對譯】

공자가 말씀하시기를, "젊은 사람이 두려우니라. 어찌

장래의 그들이 지금의 나만하지 못하다 하리요. 그러
나 사십, 오십이 되어도 학문과 덕으로 이름이 나지
않으면, 그런 자는 두려워할 것이 못 되느니라." 즉,
어리거나 젊을 때에는 대개 무한한 발전 가능성을 지
니고 있으나 사오십이 되어도 학문과 덕을 이루지 못
한 자는 기대할 것이 못 된다는 뜻임.

【註釋】

• 가외(可畏) : 두렵다.
• 무문(無聞) : 훌륭한 평판(評判)이 들리지 않는다.

18

子曰 法語之言은 能無從乎아 改
之爲貴니라 巽與之言은 能無說
乎아 繹之爲貴니라 說而不繹하며
從而不改면 吾未如之何也已矣

니라.

【對譯】

공자가 말씀하시기를, "법어의 말씀을 능히 따르지 않겠는가. 그러나 그 말씀에 따라 잘못을 고칠 줄 아는 것이 중요하리라. 부드럽게 타이르는 말을 능히 좋아하지 않을 수 있으랴? 그러나 그 말의 참뜻을 찾는 것이 중요하니라. 기뻐하여도 참뜻을 찾아내지 못하고, 따르면서도 자기의 잘못을 고치지 않는다면, 내 어찌할 수 없느니라. 즉, 자신이 배워서 잘못을 고치려 들지 않는다면 스승에게서 아무리 훌륭한 가르침을 들어도 소용이 없다는 뜻이다.

【註釋】

• 법어(法語) : 정언(正言). 규칙(規則)에 맞는 말.
• 손여(巽與) : 완곡하고 공손한 말.
• 역(繹) : 속의 뜻을 찾아냄.

19

子曰 主忠信하며 母友不如己者
요 過則勿憚改니라.

【對譯】

공자가 말씀하시기를, "충과 신을 주로 하고, 나만 못한 사람을 사귀지 말고, 자신에 허물이 있거든 서슴지 말고 고쳐야 하느니라."

【註釋】

• 무(毋) : 무(無).

• 과(過) : 잘못.

• 탄(憚) : 꺼리다. 주저하다.

20

> 자왈　삼군가탈수야　　　　필부
> 子曰　三軍可奪帥也어니와　匹夫는
> 불가탈지야
> 不可奪志也니라.

【對譯】

공자가 말씀하시기를, "삼군에서 그 장수를 빼앗을 수는 있을지라도, 굳게 다져진 장부의 뜻은 빼앗을 수가 없느니라."

【註釋】

• 삼군(三軍) : 대군(大軍)을 말함.

• 필부(匹夫) : 평범한 남자. 한 사나이.

21

子曰 衣敝緼袍하야 與衣狐貉者

로 立而不恥者는 其由也與인저

不忮不求면 何用不臧이리요 子路

終身誦之한대 子曰 是道也로 何

足以臧이리요.

【對譯】

공자가 말씀하시기를, "해진 무명 도포를 입고서 여우나 담비 가죽으로 만든 털옷을 입은 자와 함께 있어도 부끄러워하지 않는 사람은 바로 유일 것이니라. 남을 해하지 않고 또 남의 것을 탐내어 구하지 않으니, 어찌 선하지 않으리요." 하고 《시경》의 구절까지 인용하여 칭찬해 주었다. 그러자 자로는, "남의 부귀를 사지 아니하고 탐내지 아니하면 어찌 착하지 않겠느냐." 란 구절을 항상 외었더니 공자가 말씀하시기를, "이는 바로 도를 행하는 과정인데, 어찌 그것만으로 선을 행함에 족하다 하리요." 즉 현자에 알맞게 더욱 과감하며 적극적이고도 광범위한 선(善)을 구하라고 권장한 글이다.

【註釋】
• 폐(敝) : 떨어진 옷.
• 온포(縕袍) : 소매가 긴 솜옷.
• 호락(狐貉) : 여우와 너구리의 껍질로 만든 의복.
• 기(忮) : 욕심을 내는 것.
• 장(臧) : 선(善).

22

> 자 왈 세 한 연 후   지 송 백 지 후 조
> 子曰 歲寒然後에 知松柏之後彫
>
> 야
> 也니라.

【對譯】
공자가 말씀하시기를, "날씨가 추워진 뒤에야 소나무와 잣나무가 더디 시드는 것을 알 수 있느니라." 즉, 위급한 때를 당하면 그가 군자인지 소인인지를 알 수 있다는 뜻이다.

【註釋】

- 송(松) : 소나무.
- 백(柏) : 잣나무.
- 조(彫) : 시들다.

23

자 왈　지 자 불 혹　　인 자 불 우
子曰　知者不惑하고　仁者不憂하고

용 자 불 구
勇者不懼니라.

【對譯】

공자가 말씀하시기를, "지혜로운 사람은 당황하지 않고, 어진 사람은 근심하지 않고, 용기 있는 사람은 두려워하지 않느니라."

【註釋】

- 불혹(不惑) : 당황하지 않는다.
- 불구(不懼) : 두려워하지 않는다.

24

子曰 可與共學^{이라도} 未可與適

道^며 可與適道^{라도} 未可與立^{이며}

可與立^{이라도} 未可與權^{이니라.}

【對譯】

공자가 말씀하시기를, "함께 배우더라도 함께 도에 나아가지는 못하고, 함께 도에 나아가더라도 함께 뜻을 세우지는 못하며, 함께 뜻을 세우더라도 함께 대의에 맞게 일을 적절히 처리할 수는 없느니라." 즉 같은 스승 밑에서 똑같이 배우더라도 타고나는 두뇌와 능력에 따라 차이가 날 수 있다는 뜻이다.

【註釋】

• 권(權) : 저울의 놋쇠추.

25

당 체 지 화　편 기 번 이　기 불
唐棣之華여 **偏其反而**로다 **豈不**

이 사　실 시 원 이　자 왈
爾思리요마는 **室是遠而**니라 **子曰**

미 지 사 야　부 하 원 지 유
未之思也언정 **夫何遠之有**리요.

【對譯】

산오얏 고운 꽃은, 펄펄 춤을 추네. 그대 생각하네마
는, 집이 멀어 못 가겠네. 공자가 말씀하시기를, "진
정으로 생각하는 것이 아니로다. 만약 그렇지 않다면
어찌 먼 것이 관계 있으리요." 즉, 학문의 길이 아무
리 멀다 해도 뜻만 있으면 이룰 수 있다는 뜻이다.

第十篇 鄕黨(향당)

1

孔子於鄕黨_에 恂恂如也_{하사} 似
공 자 어 향 당   순 순 여 야   사

不能言者_{러시다} 其在宗廟朝廷_{하사}
불 능 언 자   기 재 종 묘 조 정

는 便便言_{하사대} 唯謹爾_{러시다.}
   변 변 언   유 근 이

【對譯】

공자가 향당에 있을 때에는 신실하여서 마치 말할 줄
모르는 사람과 같았고, 종묘와 조정에 나설 때에는 거
침없고 분명히 말하되 끝까지 신중하였다.

【註釋】

• 향당(鄕黨) : 고향 마을.
• 순순여(恂恂如) : 신실(信實)한 모양.
• 변변(便便) : 말이 바르고 정확한 것.

2

_조 _{여 하 대 부 언} _{간 간 여 야}
朝에 與下大夫言에 侃侃如也하시

_{여 상 대 부 언} _{은 은 여 야}
며 與上大夫言에 誾誾如也하시다

_{군 재} _{축 척 여 야} _{여 여 여}
君在시어든 踧踖如也러시며 與與如

_야
也러시다.

【對譯】

공자가 조정에 나가서 하대부와 말할 때에는 화락한 듯하였고, 상대부와 말할 때에는 온순한 듯하였다. 그리고 임금이 계신 앞에서는 공경하는 중에도 태연하였다. 즉 공자의 언행이 상대에 맞아 예절에서 벗어남이 없었음을 적은 글이다.

【註釋】

• 하대부(下大夫): 대부(大夫)의 낮은 급.
• 간간여(侃侃如): 화락한 모양.
• 은은여(誾誾如): 엄숙한 모양.
• 축척여(踧踖如): 신중한 모양.
• 여여여(與與如): 태연한 모양.

3

君이 召使擯_군이시어든 色勃如也하시며

足躩如也러시다 揖所與立하사대 左

右手러시나 衣前後襜如也러시다 趨

進에 翼如也러시다 賓退어든 必復

命하사대 曰 賓不顧矣라 하시다.

【對譯】

임금이 불러 내빈의 접대를 명하면 급히 낯빛을 긴장하며 걸음도 조심하였다. 내빈과 마주 읍(揖)을 할 때에는 두 손을 조심스럽게 올려서 옷의 앞자락과 뒷자락을 가지런히 움직였다. 빨리 걸어갈 때에는 마치 새가 날개를 편 듯 두 팔을 곧게 폈다. 내빈이 물러간 뒤에는 반드시 "내빈은 뒤를 돌아보지 않고 갔나이다." 하고 복명하였다. 즉, 공자가 외국에서 온 사신을 접대함에 있어 예에 어긋남이 없음을 알 수 있다.

【註釋】

• 빈(擯) : 외국 빈객을 임금을 대신하여 접대하는 역.

- 발(勃) : 변색하다.
- 확(躩) : 걸음을 빨리함.
- 읍(揖) : 가슴 앞에 두 손을 수평으로 펴 잡고 하는 절.
- 첨(襜) : 옷이 흐트러지지 않고 가지런히 움직인다.
- 빈불고(賓不顧) : 손님이 안심하고 뒤돌아보지 않고 갔다는 뜻. 잘 갔다는 뜻.

4

_{집 규}執圭_{하사대} _{국 궁 여 야}鞠躬如也_{하사} _{여 불 승}如不勝_하시며 _{상 여 읍}上如揖_{하시고} _{하 여 수}下如授_{하시며} _발勃 _{여 전 색}如戰色_{하시며} _{족 축 축 여 유 순}足蹜蹜如有循_{이러시다} _{향 례}享禮_에 _{유 용 색}有容色_{하시며} _{사 적}私覿_에 _{유 유}愉愉 _{여 야}如也_{러시다}.

【對譯】

규를 잡고 계실 때에는 몸을 굽히는 것이 마치 그것을 못 이기는 것 같았다. 올릴 때는 마치 읍을 하는 듯 하였고, 내릴 때에는 물건을 내려 주는 듯하였는데 안색이 긴장되는 것이 두려워하는 듯하며, 발끝으로 걷는 것이 마치 발이 떨어지지 않는 듯하였다. 예물을 바칠 때에는 엄숙하고도 너그러운 기색을 보였으며 사사로운 예로 만날 때는 화락한 기색을 하였다.

【註釋】

• 집규(執圭) : 예방의식(禮訪儀式)의 핵심(核心)인 규(圭)를 상대방에게 증수(贈授)하고자 규를 손에 받든다는 뜻. 규(圭)는 옥으로 만든 패(牌).

• 유유여(愉愉如) : 유쾌하다.

5

齊必有明衣러시니 布러라 齊必變
食하시며 居必遷坐러시다.

【對譯】

재계(齊戒)할 때에는 반드시 깨끗한 옷으로 갈아입는데, 베로 만든 것이었다. 재계할 때에는 술, 매운 것, 냄새나는 것 등을 먹지 않고 거처함도 반드시 자리를 옮겼다.

【註釋】

• 재(齊) : 재계(齊戒).

- 포(布):삼베. 마포(麻布).
- 천좌(遷坐):평상시에 있던 곳에서 자리를 옮김.

6

食不厭精_{하시며} 膾不厭細_{하시며} 食
饐而餲_와 魚餒而肉敗不食_{하시며}
色惡不食_{하시며} 臭惡不食_{하시며} 失
飪不食_{하시며} 不時不食_{이러시다} 割
不正不食_{하시며} 不得其醬不食_{이러}
_{시다} 肉雖多_나 不使勝食氣_{하시며}
唯酒無量_{하사대} 不及亂_{이러시다} 沽
酒市脯_를 不食_{하시며} 不撤薑食_{하시}
_며 不多食_{이러시다} 祭於公_에 不宿
肉_{하시며} 祭肉不出三日_{하더시니} 出

삼　일　　　　불 식 지 의　　　　식 불 어
三日이면 不食之矣니라 食不語하시

침　불　언　　　　　　수 소 사 채 갱
며 寢不言이러시다 雖疏食菜羹이라도

과　제　　　　　필 재 여 야
瓜祭하시대 必齊如也러시다.

【對譯】

밥은 정미된 흰 쌀밥을 싫어하지 않았으며, 회는 가늘게 썬 것을 싫어하지 않았다. 밥이 쉬어서 맛이 변한 것과 생선이 상하여 고기가 썩은 것은 먹지 않았으며, 색깔이 나쁜 것과 냄새가 나쁜 것은 먹지 않았다. 익지 않은 음식은 먹지 않았으며, 때가 아니면 음식을 먹지 않았다. 음식을 썬 것이 반듯하지 않으면 먹지 않았고, 간이 맞지 않은 것도 먹지 않았다. 고기를 비록 많이 먹는다 하더라도 밥 기운을 누를 정도까지는 먹지 않았다. 오직 술만은 일정한 양이 없으나 정신을 잃을 정도까지는 먹지 않았다. 주점에서 산 술과 시장에서 산 말린 고기는 먹지 않았고, 생강 먹는 것은 끊지 않되 많이 먹지는 않았다. 나라의 제사에 쓰인 고기는 밤을 넘기지 않으며, 집안 제사에 쓰인 고기도 사흘을 넘기지 않았고, 사흘이 지나면 먹지 않았다. 식사를 할 때는 말씀을 하지 않으며, 잠자리에 들어도 말을 안 하였다. 비록 거친 밥과 나물국에 오이조각이

더라도 식사를 하기 전에 제식(祭食)를 하였는데, 반드시 재계에 임하는 것같이 하였다.

【註釋】
• 고주(沽酒) : 시장에서 사온 술.
• 시포(市脯) : 시장에서 사온 건포.
• 불숙육(不宿肉) : 곧 나누어 먹고 밤을 재우지 않음.

7

향인음주　　장자출　　　사출의
鄕人飮酒에 杖者出이어든 斯出矣
러시다 鄕人儺에 朝服而立於阼階
러시다.

【對譯】
마을 사람들과 술을 마실 때에는 반드시 노인이 먼저 나가야 따라 나갔다. 마을 사람들이 나례를 지내면 조복을 입고 동쪽 섬돌에 서 있었다.

【註釋】
• 장자(杖者) : 지팡이 짚은 사람. 노인.

- 나(儺) : 연말에 귀신을 몰아내기 위한 행사.
- 조계(阼階) : 당(堂)에 올라가는 동쪽 계단.

8

問人於他邦하실새 再拜而送之러시

다 康子饋藥이어늘 拜而受之曰

丘未達이라 不敢嘗이라 하시다.

【對譯】

다른 나라에 있는 사람에게 안부를 전할 때에는 가는
사람에게 두 번 절하고 보내었다. 계강자가 약을 보내
오자, 절하고 받으며 말하기를, "나는 이 약에 대하여
모르므로 감히 먹지 못하노라." 즉 의심스러운 선물이
라도 고맙게 받는다는 사의를 표시하여 큰절을 하고
받지만, 받아 놓고 사용하지 않는다.

【註釋】

- 궤(饋) : 증여(贈與)하다.
- 강자(康子) : 계강자(季康子). 노(魯)나라의 대부(大
  夫).

9

厩_구焚_분이어늘 子退朝曰_{자퇴조왈} 傷人乎_{상인호}하시고

不問馬_{불문마}하시다.

【對譯】
마구간에 불이 난 적이 있었는데, 공자는 조정에서 돌아오자 말하기를, "사람이 상했느냐?"하고 말에 대해서는 물어보지 않았다. 즉 짐승에는 관심이 없음을 말하는 것이 아니고, 사람의 안부에 더 많이 관심했음을 강조한 글이다.

【註釋】
• 구(厩) : 마구간.
• 분(焚) : 불이 나다.

10

君賜食_{이어든} 必正席先嘗之_{하시고}

君賜腥_{이시어든} 必熟而薦之_{하시고}

君賜生_{이시어든} 必畜之_{러시다} 侍食

於君_에 君祭_{시어든} 先飯_{이러시다} 疾_에

君視之_{시어든} 東首加朝服拖紳_{이러}

_{시다} 君命召_{시어든} 不俟駕行矣_{러시다.}

【對譯】

임금께서 음식을 내리시면 반드시 자리를 바로하고 먼저 맛을 보았다. 임금께서 날고기를 내리시면 반드시 익혀서 조상에게 올렸다. 임금께서 산 짐승을 내리시면 반드시 길렀다. 임금을 모시고 식사를 할 때에는 임금께서 제식(祭食)을 하시는 동안에 먼저 하였다. 병환중에 임금께서 문병을 오시면 머리를 동쪽으로 두고 조복을 덮고 띠를 그 위에 올려놓았다. 임금께서 부르시는 명을 받으면 수레가 준비되기를 기다리지 않고 떠났다. 즉 공자가 임금에게 신하로서 지키는 예의를 적은 글이다.

【註釋】

• 성(腥) : 생고기.
• 사생(賜生) : 소나 양 같은 짐승을 하사함.
• 불사가행(不俟駕行) : 가(駕)를 사(俟), 즉 기다리지
  않고 가다.

11

입 태 묘   매 사 문
入太廟하사 每事問이러시다.

【對譯】

태묘에 들어가서는 매사를 묻곤 하였다. 즉 공자가 제사
를 지내는 것에는 더욱 신중하였다는 것을 알 수 있다.

12

_{붕 우 사} _{무 소 귀} _{왈 어 아}
朋友死_{하야} 無所歸_{어든} 曰 於我

_빈 _{붕 우 지 궤} _{수 거 마}
殯_{이라 하시다} 朋友之饋_는 雖車馬_라

_{비 제 육} _{불 배}
도 非祭肉_{이어든} 不拜_{러시다.}

【對譯】

친구가 죽어서 맡아 데려갈 사람이 없자, 공자가 말씀하시기를, "나의 집에 빈소를 차려라." 친구가 주는 선물이 수레와 말이라도 제육(祭肉)이 아니면 절하지 않았다. 즉 친구가 보낸 선물이라면 비싼 것이라도 제사 때 쓰는 고기가 아니면 절하지 않았다는 것이다.

【註釋】

• 무소귀(無所歸) : 뒤를 거두어 줄 사람이 없다.
• 빈(殯) : 빈소(殯所).
• 궤(饋) : 선사하다.

13

침 불 시　　　　 거 불 용　　　　　　견 재
寢不尸하시며 居不容이러시다 見齊

최 자　　　 수 압 필 변　　　　　 견 면 자
衰者하시고 雖狎必變하시며 見冕者

여 고 자　　　 수 설 필 이 모　　　　　 흉
與瞽者하시고 雖褻必以貌러시다 凶

복 자 식 지　　　　 식 부 판 자　　　　　 유
服者式之하시며 式負版者러시다 有

성 찬　　　　　 필 변 색 이 작　　　　　 신 뢰
盛饌이어든 必變色而作하시며 迅雷

풍 렬　　 필 변
風烈에 必變이러시다.

【對譯】

잠잘 때는 시체같이 눕지 않았고, 집에 있을 때에는 엄숙한 얼굴을 짓지 않았다. 상복을 입은 사람을 만나면 아무리 친한 사이라 할지라도 반드시 얼굴색을 변하여 대하고, 면관을 쓴 사람이나 소경을 만나면 자주 대하는 사이라 할지라도 예모를 갖추어 대하였다. 수레를 타고 갈 때에도 상복을 입은 자를 만나면 수레 옆을 잡고 예를 취하였으며, 부판(負版)을 진 사람을 만나도 마차 옆을 잡고 경례를 취하였다. 성찬이 들어오면 반드시 얼굴색이 변하여 일어났으며, 우레와 비

바람이 심하게 몰아쳐도 안색이 변하였다(근신했다).
즉, 공자는 마음에서 우러나는 예절이 몸에 배었으며,
안색과 행동과 마음이 하나로 조화되어 자연스럽게 예
를 행하였음을 알 수 있다.

【註釋】

• 시(尸) : 죽은 사람처럼 누움.

• 식부판자(式負版者) : 나라의 호적부를 가진 사람을
만났을 때는 경례를 한다.

• 신(迅) : 속(速)과 동의어.

• 변색(變色) : 얼굴빛을 바꾸고 태도를 달리하여 대한
다는 말.

14

升車_에 必正立執綏_{러시다} 車中不

內顧_{하시여} 不疾言_{하시며} 不親指_{러시}

다.

【對譯】

수레에 올라갈 때에는 반드시 똑바로 서서 고삐를 단

단히 잡았다. 수레 안에서는 이리저리 보지 않았고 말을 빨리 하지 않으며, 직접 손가락질하지 않았다.

【註釋】

- 유(綏) : 승차할 때 쥐는 줄.
- 질언(疾言) : 급하게 큰 소리로 말하는 것.
- 내고(內顧) : 좌우로 돌아보는 것.
- 불친지(不親指) : 몸소 손가락질하지 않음.

15

> 색 사 거 의　　　상 이 후 집　　　　왈
> **色斯擧矣**하야 **翔而後集**이니라 **曰**
> 산 량 자 치　　　시 재 시 재　　　　자 로
> **山梁雌雉**는 **時哉時哉**인저 **子路**
> 공 지　　　삼 후 이 작
> **共之**한대 **三嗅而作**하시다.

【對譯】

꿩이 놀라서 날아오르더니 나래치며 다시 모여앉았다. 공자가 말씀하시기를, "산골짝 다리 밑에 노는 암꿩아! 때를 만났구나, 때를 만났구나!" 하니, 자로가 앞으로 나아가자, 꿩은 서너 번 냄새를 맡다가 날아갔다. 즉, 자유스럽게 놀고 있는 꿩을 보고 공자가 한탄하는 투로 한 말이다.

【註釋】

- 색사거의(色斯擧矣) : 꿩이 기색을 살피고 놀라서 날아가다.
- 상이후집(翔而後集) : 위에서 빙빙 돌다가 괜찮으면 내려와 앉는다.

第十一篇 先進(선진)

1

자 왈　선 진 어 례 악　　야 인 야　　후
子曰 先進於禮樂에 野人也요 後

진 어 례 악　　군 자 야　　　　　여 용
進於禮樂에 君子也라 하나니 如用

지 즉 오 종 선 진
之則吾從先進하리라.

【對譯】

공자가 말씀하시기를, "옛날의 선배들의 예와 악은 소
박하고 야인적이고, 지금의 후배들의 예와 악은 군자
적이다. 만약 택한다면 나는 선배들의 예와 악을 좇으
리라." 즉, 옛날의 문물이나 음악은 소박한 반면에 문
화가 발달해 감에 따라 형식과 겉치레로 흐름을 개탄
한 말이다.

【註釋】

• 선진(先進) : 선배.
• 여용지(如用之) : 만약 내가 둘 중 하나를 택한다면.

2

子曰 從我於陣蔡者도 皆不及門
也로다 德行엔 顏淵閔子騫冉伯
牛仲弓이요 言語엔 宰我子貢이요
政事엔 冉有季路요 文學엔 子遊
子夏니라.

【對譯】

공자가 말씀하시기를, "진나라와 채나라에 있을 때 나를 따르던 자들이 지금은 모두 나의 문하에 없구나. 덕행으로 뛰어났던 자는 안연·민자건·염백우·중궁이고, 언어로 뛰어났던 자는 재아와 자공이며, 정사에 뛰어났던 자는 염유와 계로이고, 문학으로 뛰어났던 자는 자유와 자하이니라."

【註釋】

• 종아(從我) : 나를 따라가다.
• 언어(言語) : 말솜씨.
• 문학(文學) : 詩, 書, 禮, 樂 등.

3

子曰 回也는 非助我者也로다 於
吾言에 無所不說이온여.

【對譯】

공자가 말씀하시기를, "회는 나에게 도움을 주는 자가
아니로다. 나의 말에 기뻐하지 않은 바가 없었으니."
즉 공자가 하는 말씀에 질문도 반대도 없는 안회를 탓
하는 것이지만 이면에는 그를 칭찬하는 마음이 더 크
게 작용하고 있음을 알 수 있다.

【註釋】

• 회(回) : 안연(顔淵).
• 무소불열(無所不說) : 기뻐하지 않은 바 없다.

4

子曰 孝哉라 閔子騫이며 人不間
於其父母昆弟之言이로다.

【對譯】

공자가 말씀하시기를, "효성스럽도다, 민자건이여. 남이 그의 부모나 형제의 말을 들어도 믿지 않는 사람이 없구나." 즉 민자건의 효성이 지극하여 다른 사람들도 그의 효성에 대해서는 이의를 제기하는 이가 없음을 알 수 있는 글이다. 그는 어려서 몹시 학대하는 계모 밑에서 자랐다. 그런데 민자건의 효도가 지극하여 계모도 뉘우쳐서 자애스러운 어머니가 되었다고 한다.

【註釋】

• 간(間) : 사이, 이론(異論)하다.
• 곤제(昆弟) : 곤(昆)은 형(兄), 즉 형제.

5

남 용   삼 복 백 규   공 자 이 기
南容이 三復白圭어늘 孔子以其

형 지 자   처 지
兄之子로 妻之하시다.

【對譯】

남용이 반복하여 백규장(白圭章)을 외는 것을 보고, 공자는 자기 형의 딸을 그의 아내로 주었다.

【註釋】

- 남용(南容) : 공자의 제자.
- 백규(白圭) : 《詩經》 대아(大雅), 앙편(抑篇)의 시구 (詩句)임.

6

계 강 자 문　　제 자 숙 위 호 학
季康子問　弟子孰爲好學이니꼬

공 자 대 왈　　유 안 회 자 호 학
孔子對曰　有顔回者好學하더니

불 행 단 명 사 의　　금 야 즉 무
不幸短命死矣라　**今也則亡**하니라.

【對譯】

계강자가 묻기를, "제자들 중에서 누가 배우기를 좋아합니까?" 공자가 대답하기를, "안회라는 사람이 있어 배우기를 좋아했는데 불행히도 명이 짧아 죽은지라 지금은 없소."

【註釋】

- 숙위호학(孰爲好學) : 누가 배우기를 가장 좋아합니까?
- 금야즉무(今也則亡) : 지금은 없습니다.

7

顔淵死커늘 顔路請子之車以爲
^{안 연 사} ^{안 로 청 자 지 거 이 위}

之槨한대 子曰 才不才에 亦各言
^{지 곽} ^{자 왈 재 부 재} ^{역 각 언}

其子也니 鯉也死커늘 有棺而無
^{기 자 야} ^{이 야 사} ^{유 관 이 무}

槨하니 吾不徒行하여 以爲之槨은
^곽 ^{오 부 도 행} ^{이 위 지 곽}

以吾從大夫之後라 不可徒行也
^{이 오 종 대 부 지 후} ^{불 가 도 행 야}

니라.

【對譯】

안연이 죽자 안로가 공자의 수레를 팔아 안연의 외관
을 마련하기를 청하였다. 공자가 말씀하시기를, "잘났
든지 못났든지간에 역시 각기 그 아들에 대한 정리는
있게 마련이오. 리(鯉)가 죽었을 때에도 관은 했으나
외관은 하지 않았소. 내가 외관을 장만하기 위해서 수
레를 팔지 않는 것은, 내가 대부의 뒤를 좇는 신분인
지라 걸어다닐 수 없기 때문이오." 즉 안회를 사랑하
는 마음이 지극하여 수레가 아니라 집까지 팔아서 장
례를 치르고 싶지만 지나치게 성대하게 치르는 것도
예에 어긋남을 말한 것이다.

【註釋】

• 안로(顔路) : 안회(顔回)의 아버지. 이름은 무유임.
  공자의 제자.
• 곽(椁) : 외관(外棺).
• 재부재(才不才) : 자기의 지식이 잘났건 못났건.
• 리(鯉) : 공자의 아들.

8

顔淵死커늘 子哭之慟하신대 從者
曰 子慟矣사로이다 曰 有慟乎아
非夫人之爲慟이요 而誰爲리요.

【對譯】

안연이 죽자 공자가 통곡하여, 공자를 따르던 한 제자
가 말하기를, "선생님께선 너무 슬퍼하십니다." 말하
기를 "너무 슬퍼한다고? 그 사람을 위해 슬퍼하지 않
으면 누구를 위해 슬퍼하리요."

【註釋】

• 곡(哭) : 크게 소리내어 우는 것
• 통(慟) : 곡(哭)보다 한층 더 슬피 우는 것.

9

안연사 　 문인욕후장지 　 자
顔淵死커늘 門人欲厚葬之한대 子

왈 불가 　 문인후장지 　 자
曰 不可하니라 門人厚葬之한대 子

왈 회야 　 시여유부야 　 여부
曰 回也는 視予猶父也어늘 予不

득시유자야 　 비아야 　 부이
得視猶子也하니 非我也라 夫二

삼자야
三子也니라.

【對譯】

안연이 죽자 문인들이 장례를 성대하게 치르고자 하는
데, 공자가 말씀하시기를, "안 된다." 그러나 문인들
은 성대하게 장례를 지냈다. 공자가 말씀하시기를,
"회는 나를 부모같이 대하여 주었거늘, 나는 그를 아
들같이 대하여 주지 못하였구나. 그러나 그것은 나 때
문이 아니라 저 제자들 때문이다. 즉, 회를 아들같이
내 뜻으로 장사지내지 못하였으니, 이는 나의 뜻이 아
니라 몇몇 제자들의 소행이었다."라고 꾸짖으셨다.

【註釋】

• 부(夫) : 다른 사람들.
• 유(猶) : 마치 ~와 같다.

10

季路問事鬼神한대 子曰 未能事
계 로 문 사 귀 신　　자 왈　미 능 사

人이면 焉能事鬼리요 敢問死하노이다
인　　언 능 사 귀　　감 문 사

曰 未知生이면 焉知死리요.
왈　미 지 생　　언 지 사

【註釋】

계로가 귀신을 섬기는 일에 대하여 묻자, 공자가 말씀
하시기를, "사람도 능히 섬기지 못하면서 어찌 귀신
섬기는 일을 할 수 있으리요." "그러면 죽음에 대하여
여쭈어 보겠습니다." 말하기를, "아직 삶도 모르는데
어찌 죽음을 알리요." 즉 사람이 하는 일을 깊이 터득
하면 귀신이 무엇인지도 깨닫게 되고, 생을 제대로 알
게 되면 죽음에 대하여도 자연히 알게 된다는 뜻이다.
인생의 실생활에 처하는 태도를 설명한 것이다.

11

魯人이 爲長府러니 閔子騫曰 仍
舊貫如之何오 何必改作이리요 子
曰 夫人不言이언정 言必有中이니라.

【對譯】

노나라 사람들이 장부(長府)를 다시 지으려고 함에 민
자건이 말하기를 "옛것을 그대로 쓰면 어떠하여 다시
지으려는가?" 공자가 말씀하시기를, "저 사람은 좀처
럼 말이 없지만, 말을 하면 반드시 사리에 맞느니라."
즉 민자건의 과묵하고 신중한 태도를 칭찬하고 노나라
의 위정자를 탓하는 그의 말에 동의를 표한 말이다.
이처럼 선진편(先進篇)에서는 공자가 직접으로 제자들
을 여러모로 평(評)하였다.

【註釋】

• 잉(仍) : 인(因).
• 구관(舊貫) : 옛날 그대로.

12

子曰 由之鼓瑟을 奚爲於丘之門
고 門人不敬子路한대 子曰 由也
升堂矣오 未入於室也니라.

【對譯】

공자가 말씀하시기를, "유가 비파 타는 것을 어찌하여
나의 집에서 하는가?" 이에 문인들이 자로를 공경하
지 않으니 공자가 말씀하시기를, "유는 대청에는 올랐
어도 아직까지 방에는 들지 못하였으니라." 즉, 공자
는 유(由)의 학식과 수양을 비유하여 아직 방에까지
들어오지 못했으나 이미 당(堂)에 올라왔으니 진도(進
度)는 꽤 볼 만하여 전도가 유망하다고 이야기하는 것
이다.

【註釋】

• 유(由) : 자로(子路)의 이름.
• 슬(瑟) : 금(琴)을 닮은 악기(樂器).
• 해(奚) : 어찌 ~ 하느냐?
• 구지문(丘之門) : 공자의 집.
• 승당(升堂) : 객실(客室).

- 실(室) : 당(堂)의 내(內)에 있는 방(房). 당(堂)과 실(室)은 학문의 심천(深淺)을 비교한 것임.

13

> 자공문　사여상야숙현
> 子貢問 師與商也孰賢이니이꼬　子
> 왈　사야과　　상야불급　　왈
> 曰 師也過하고 商也不及이니라 曰
> 연즉사유여　　자왈　과유불급
> 然則師愈與이꼬 子曰 過猶不及
>
> 이니라.

【對譯】

자공이 사(師)와 상(商)은 누가 더 현명한가를 물었다. 공자가 말씀하시기를, "사는 지나치고 상은 미치지 못하니라." 말하기를, "그러면 사가 낫다는 말씀입니까?" 공자가 말씀하시기를, "과함은 미치지 못함과 같으니라." 즉 둘 다 중용의 도를 모른다고 한 말이다.

【註釋】

- 사(師) : 자장(子張)의 이름.

211

- 상(商):자하(子夏)의 이름.
- 유(愈):뛰어나다. 승(勝)
- 과유불급(過猶不及):유(猶)는 "역시 ~와 같다." 지나친 것도 모자라는 것과 같이 중용(中庸)을 얻지 못했으니 비슷하다.

14

季氏富於周公이어늘 而求也爲之

聚斂而附益之한대 子曰 非吾徒

也로서니 小子아 鳴鼓而功之可也

니라.

【對譯】

계씨는 주공보다도 더 부유한데도, 구는 계씨를 위하여 백성에게 조세를 가혹하게 거두어서 그를 더욱 부하게 만들어 주었다. 공자가 말씀하시기를, "그는 이제 나의 제자가 아니니, 제자들아, 북을 울리며 그를 성토해도 좋으니라." 즉, 염구는 그의 제자였으나 계씨하에서 벼슬을 지내며 백성들에게 가혹한 세금을 걷

는 것을 보고 분개하여 한 말이다. 백성을 착취하고
독재자를 살찌게 하는 것이라면 이는 죄악을 저지름과
같다.

【註釋】

• 계씨(季氏) : 계손씨(季孫氏).
• 주공(周公) : 노공(魯公).
• 구(求) : 염구(冉求). 당시 계강자(季康子) 밑에서 재
(宰)를 지냈음.
• 취렴(聚斂) : 조세(租稅)를 가혹하게 거둠.
• 도(徒) : 제자.
• 명고(鳴鼓) : 문죄(問罪)하여 성토(聲討)함.

15

자왈　회야기서호　　　누공
子曰 回也其庶乎아 屢空이니라

사불수명　　　　이화식언　　　억측
賜不受命이요 而貨殖焉이나 億則

루중
屢中이니라.

【對譯】

공자가 말씀하시기를, "회는 그 학문이 도에 가까웠으

나 쌀뒤주가 자주 비었느니라. 사는 천명을 지키지 않고서 재물을 자꾸 불렸으나 억측(臆測)이 자주 적중되었기 때문이니라." 즉 대조적인 두 제자를 비교하여 평하였는데, 부정한 일이 아니면 재물을 모으는 것도 타당한 것이라고 한 것이다. 자공은 자기의 힘으로 재치있게 돈을 버는 정확한 판단력이 있다.

【註釋】
• 서(庶) : 도(道)에 가깝다.
• 누공(屢空) : 쌀궤가 흔히 텅 빔.
• 사(賜) : 자공(子貢).
• 억(億) : 억측(臆測)함.

16

子張이 問善人之道한대 子曰 不
踐迹이나 亦不入於室이니라.

【對譯】
자장이 선인의 도에 대하여 묻자, 공자가 말씀하시기를, "성현(聖賢)의 가르침을 좇지 아니하면 심오한 도의 자리에 들어갈 수 없다."

【註釋】

• 적(迹) : 성인(聖人)들의 발자취.

• 천(踐) : 밟다.

17

자로문 문사행저 자왈 유부
子路問 聞斯行諸이꼬 子曰 有父

형재 여지하기문사행지
兄在하니 如之何其聞斯行之리요

염유문 문사행저 자왈 문사
冉有問 聞斯行諸이꼬 子曰 聞斯

행지 공서화왈 유야문
行之니라 公西華曰 由也問에

문사행저 자왈 유부형재
聞斯行諸어늘 子曰 有父兄在라

구야문 문사행저
하시고 求也問에 聞斯行諸어늘

자왈 문사행지 적야혹
子曰 聞斯行之라 하시니 赤也惑하

감문 자왈 구야퇴고
여 敢問하노이다 子曰 求也退故로

진지 유야겸인고 퇴지
進之하고 由也兼人故로 退之호라.

【對譯】

자로가 묻기를, "도리를 들으면 곧 이행하여야 합니까?" 공자가 대답하기를, "부형이 계시거늘 어찌 그 들은 것을 곧 그대로 행한다 하리요." 염유가 묻기를, "도리를 들으면 곧 이행하여야 합니까?" 공자가 대답하기를, "듣거든 곧 행하여야 하느니라." 이에 공서화가 묻기를, "유가 '도리를 들으면 곧 행하여야 합니까?'라고 여쭈었을 때는 선생님께서 '부형이 살아 계신다'고 말씀하시고, 구가 '도리를 들으면 곧 행하여야 합니까?'하고 여쭈었을 때는 선생님께서, "듣거든 곧 행하여야 한다"고 말씀하셨으니, 저는 의심이 가서 분별하지 못하겠기에 감히 묻습니다." 그러자 공자가 말씀하시기를, "구는 매사가 물러서는 편이므로 앞으로 나아가려 하고 유는 다른 사람의 일까지 겸해서 너무 나아가려 하므로, 물러서게 한 것이니라." 즉 두 사람의 같은 질문에 대답이 판이할 뿐만 아니라, 동일한 인간이 동일한 질문에 대해서도 상반(相反)되는 대답으로 가르칠 수 있었다는 데에 공자의 깊고 넓은 지혜가 있음을 알 수 있다.

【註釋】

• 문(聞) : 착한 말을 들음.
• 겸인(兼人) : 남을 이김.
• 사행(斯行) : 곧, 즉각에 행하는 것.
• 공서화(公西華) : 공자의 제자. 이름은 적(赤).

18

子_자畏_외於_어匡_광하실새 顔_안淵_연後_후러니 子_자曰_왈

吾_오以_이女_여爲_위死_사矣_의호라 曰_왈 子_자在_재어시니

回_회何_하敢_감死_사리이꼬.

【對譯】

공자가 광 땅에서 난을 당하였을 때, 안연이 뒤늦게
도착했다. 공자가 기뻐하여 말씀하시기를, "나는 네가
죽은 줄만 알았다." "선생님께서 계신데 회가 어찌 감
히 죽을 수 있겠습니까?"하고 안연이 말했다. 즉, 성
현(聖賢)이 난(難)을 당하여 생사를 운명에 맡겨서 경
솔한 행동을 취하지 않음을 말한 것이다.

【註釋】

• 후(後) : 서로 흩어져서 뒤떨어져 늦어지다.
• 이여위사(以女爲死) : 자네가 죽은 줄 알았다. 女는
  汝와 동의어.

19

계 자 연 문　중 유 염 구　　가 위 대 신
季子然問　仲由冉求는 可謂大臣

여　　　자 왈　오 이 자 위 이 지 문
與이까　子曰　吾以子爲異之問이러

니　증 유 여 구 지 문　　소 위 대 신
니　曾由與求之問이오데　所謂大臣

자　이 도 사 군　　불 가 즉 지
者는 以道事君하다가　不可則止하나

니　금 유 여 구 야　　가 위 구 신 의
니　今由與求也는 可謂具臣矣니라

왈　연 즉 종 지 자 여　　자 왈　시 부
曰　然則從之者與이까　子曰　弑父

여 군　　역 부 종 야
與君은 亦不從也리라.

【對譯】

계자연이 묻기를, "중유와 염구는 훌륭한 신하라 하여
도 좋겠습니까?" 그러자 공자가 말씀하시기를, "나는
그대가 별다른 질문을 하는가 하였더니 바로 유와 구
에 대한 물음이로다. 이른바 훌륭한 신하라 함은 도로
써 임금을 섬기다가 옳지 않으면 그만두는 법이니, 이
제 유와 구는 신하의 자리나 채우는 사람이라 하겠느
니라." 묻기를, "그러면 따르기만 하는 자들입니까?"
공자가 말씀하시기를, "그러나 아비와 임금을 죽이는

일에는 역시 따르지 않으리라." 세도가 앞에서 할 말을 다하는 공자의 도의적 신념은 실로 깊고도 엄함을 엿볼 수 있다.

【註釋】
• 계자연(季子然) : 노(魯)나라의 3환(三桓)의 한 사람.
• 중유(仲由) : 자로(子路).
• 염구(冉求) : 자유(子有). 둘이 모두 계씨(季氏)의 가신(家臣).
• 증(曾) : 그렇거늘, 바로.
• 구신(具臣) : 신하(臣下)의 자리에 있을 자격은 갖추었으나 대신(大臣)은 못 된다는 뜻.
• 시(弑) : 윗사람을 죽임.

20

자로사자고　　　위비재　　　　자왈
子路使子羔로　爲費宰한대　子曰

적부인지자　　　자로왈　유민인
賊夫人之子로다　子路曰　有民人

언　　　유사직언　　　하필독서연
焉하며　有社稷焉하니　何必讀書然

후　　위학　　　　　자왈　시고　오
後에　爲學이리이꼬　子曰　是故로　惡

부녕자
夫佞者하노라.

【對譯】

자로가 자고로 하여금 비의 읍재를 시키려고 하거늘,
공자가 말씀하시기를, "남의 자식을 해치려 드는구나.
자로가 말하기를 "그곳에는 백성들이 있으며 사직도
있습니다. 어찌 꼭 책을 읽어야만 배움이 된다 하겠습
니까?" 공자가 말씀하시기를, "그렇기 때문에 나는
말을 잘 둘러대는 사람을 미워하노라." 즉, 성급한 자
로가 계씨(季氏)의 가신(家臣)으로 있을 때, 자고(子
羔)를 비(費) 땅의 장관(長官)으로 천거하고자 초조한
나머지 궤변(詭辯)을 농(弄)하다가 야단을 맞은 것이
다. 전도가 유망한 제자를 아직 학문이 이루어지기도
전 지방 장관으로 추천하자 공자가 나무라는 말이다.

【註釋】

- 자고(子羔) : 공자의 수제자(首弟子).
- 비(費) : 계씨(季氏)의 영지(領地).
- 재(宰) : 장관.
- 적(賊) : 害.
- 영자(侫者) : 말 잘하는 사람.

21

① 子路_와 曾晳_과 冉有_와 公西華

侍坐_{러니} 子曰 以吾一日長乎爾

나 毋吾以也_{하라} 居則曰 不吾知

也_{라 하나니} 如或知爾_면 則何以哉_{오.}

② 子路率爾而對曰 千乘之國_이

攝乎大國之間_{하며} 加之以師旅_오

因之以饑饉_{이어든} 由也爲之_면 比

及三年_{하여} 可使有勇_{이요} 且知方

也케 호리이다 夫子^{부자}신^신之^지하시다.

③ 求^구爾^이何如^{하여}오 對曰^{대왈} 方^방六^육・七^칠

十^십과 如五^{여오}・六十^{육십}에 求也爲之^{구야위지}면

比及三年^{비급삼년}하야 可使足民^{가사족민}이어니와 如^여

其禮樂^{기예악}엔 以俟君子^{이사군자}호리이다 赤爾^{적이}

何如^{하여}오 對曰^{대왈} 非曰能之^{비왈능지}라 願學焉^{원학언}

하노이다 宗廟之事^{종묘지사}와 如會同^{여회동}에 端^단

章甫^{장보}로 願爲小相焉^{원위소상언}하노이다 點而^{점이}

何如^{하여}오 鼓瑟希^{고슬희}러니 鏗爾舍瑟而^{갱이사슬이}

作^작하야 對曰^{대왈} 異乎三子者之撰^{이호삼자자지찬}호이

다.

④ 子曰^{자왈} 何傷乎^{하상호}리요 亦各言其志^{역각언기지}

也^야니라 曰莫春者^{왈모춘자}에 春服既成^{춘복기성}이어든

冠者五^{관자오}·六人^{륙인}과 童子六^{동자육}·七人^{칠인}

으로 浴乎沂^{욕호기}하고 風乎舞雩^{풍호무우}하야

詠而歸^{영이귀}호리이다 夫子喟然歎曰^{부자위연탄왈}

吾與點也^{오여점야}하노라 三子者出^{삼자자출}커늘 曾^증

晳後^{석후}러니 曾晳曰^{증석왈} 夫三子者之言^{부삼자자지언}

何如^{하여}하니이꼬 子曰^{자왈} 亦各言其志也^{역각언기지야}

已矣^{이의}니라.

⑤ 曰^왈 夫子何哂由也^{부자하신유야}시니이꼬 曰^왈

爲國以禮^{위국이례}어늘 其言不讓^{기언불양}이라 是故^{시고}

哂之^{신지}호라 唯求則非邦也與^{유구즉비방야여}이까 安^안

見方六^{견방육}·七十^{칠십}과 如吾^{여오}·六十^{륙십}이요

而非邦也者^{이비방야자}리요 唯赤則非邦^{유적즉비방}

也與^{야여}이까 宗廟會同^{종묘회동}이 非諸侯而^{비제후이}

何오 赤也爲之小면 孰能爲之大
하 적야위지소 숙능위지대
리요.

【對譯】
① 자로, 증석, 염유, 공서화가 스승을 모시고 앉아 있으니, 공자가 말씀하시기를, "내가 다소 너희들보다 나이가 많기는 하나 나를 개의치 말아라. 너희들이 평소에는 '나를 알아 주지 않는다'고 말하였는데, 만약 어떤 사람이 너희들의 학덕을 알아 준다면 어떻게 하겠느냐?"

② 자로가 불쑥 나서며 대답하기를, "천승의 나라가 큰 나라 사이에 끼여서 대군의 침입을 당하고 기근으로 시달린다 할지라도, 제가 다스린다면 삼 년이면 그 나라의 백성들을 용감하게 만들고 또 도의 방향을 알도록 할 수 있겠나이다." 하니 공자가 빙그레 웃었다.

③ "구야, 너는 어떠하냐?" 대답하기를, "해낼 수 있다는 것이 아니라 앞으로 배우고자 할 따름입니다." "적아, 너는 어떠하냐?" 대답하기를, "해낼 수 있다는 것이 아니라 앞으로 배우고자 할 따름입니다. 종묘의 일과 제후들의 모임에 예복과 예관 차림으로 보좌하는 작은 벼슬이나 했으면 하나이다." "점아, 너는 어떠하냐?" 점은 나직히 타던 비파를 치렁 소리가 나게 밀어

내 놓고 자리에서 일어서며 대답하기를, "저는 세 사람의 생각과는 다릅니다."

④ 그러자 공자가 말씀하시기를, "무슨 상관이 있겠느냐? 다만 각자 자기의 희망을 말하는 것이니라." "늦은 봄철에 봄옷이 만들어지거든 어른 대여섯 명과 아이들 육칠 명과 더불어 기수에서 목욕하고, 무우에 올라 바람을 쐬고 노래를 부르다가 돌아오겠습니다." 공자가 깊이 탄식하며 말씀하시기를, "나도 점의 의견을 따르겠노라." 세 제자가 나가고 증석이 뒤에 남아 말하기를, "제 세 사람의 말을 어찌 생각하십니까?" 공자가 말씀하시기를, "그런대로 각자의 뜻을 말했을 뿐이니라."

⑤ 묻기를 "선생님께서는 어찌 유의 말을 들으시고 빙그레 웃으셨습니까?" 말씀하시기를, "군자는 예로써 나라를 다스려야 하거늘 자로의 말에는 겸양의 빛이 없는지라 웃었느니라." "구가 말한 것은 나라가 아닙니까?" "어찌, 사방 60, 70리나 또는 50, 60리라 하여 나라가 아니라 하겠느냐?" "적이 말한 것은 나라가 아니잖습니까?" "종묘와 제후들의 모임이나 제후의 일이 아니고 무엇이겠느냐. 적이 소상을 한다면 누가 대상을 할 수 있겠느냐." 즉, 공자와 자로, 증석, 염구, 공서화 등 네 제자들이 모여앉아 각자의 포부를 말하였는데 네 명의 제자들의 성격이나 인품이 그대로 드러나 있다. 네 제자가 모두 집정(執政)할 자격이 있음을 말한다.

【註釋】

- 증석(曾晳) : 증자(曾子)의 아버지로 공자의 문인(門人).
- 방(方) : 바른 길.
- 신(哂) : 미소(微笑).
- 희(希) : 稀.
- 갱(鏗) : 큰 소리가 나게 거문고를 퉁김.
- 사(舍) : 버리다.
- 모춘(莫春) : 늦봄.
- 관자(冠者) : 성인(成人). 26세에 관(冠)을 쓰다.
- 숙능위지대(孰能爲之大) : 누가 대상(大相)으로서 다스릴 수 있겠느냐?"

第十二篇 顔淵(안연)

1

顔淵問仁한대　子曰　克己復禮爲

仁이니　一日克己復禮면　天下歸

仁焉하나니　爲仁由己니　而由人乎

哉아　顔淵曰　請問其目하노이다　子

曰　非禮勿視하며　非禮勿聽하며

非禮勿言하며　非禮勿動이니라　顔

淵曰　回雖不敏이나　請事斯語矣

하리이다.

【對譯】

안연이 인에 대하여 묻자 공자가 말씀하시기를, "자기를 극복하고 예에 돌아감이 곧 인이니, 하루 자기를 극복하여 예로 돌아가면 온 천하가 다 인에 따르게 될 것이니라. 인이 되는 것은 자기로 말미암은 것이지 어찌 남에게 의존할 수 있는 것이랴." 안연이 말하기를,

"그 조목을 말씀하여 주시기 바랍니다." 공자가 말씀
하시기를, "예가 아니면 보지 말고, 예가 아니면 듣지
말고, 예가 아니면 말하지 말고, 예가 아니면 움직이
지 마라." 안연이 말하기를, "제가 비록 우둔하오나
그 말씀을 받들어 실천하도록 힘쓰겠습니다."

【註釋】
• 극기(克己) : 사리사욕을 극복함.
• 청사사어의(請事斯語矣) : 그 말을 지키고 싶다는 뜻.

2

仲弓이 問仁한대 子曰 出門如見
大賓하며 使民如承大祭하고 己所
不欲을 勿施於人이니 在邦無怨하
며 在家無怨이니라 仲弓曰 雍雖
不敏이나 請事斯語矣호리이다.

【對譯】
중궁이 인에 관하여 묻자, 공자가 말씀하시기를, "문

을 나설 때는 귀한 손님을 만난 듯하고, 백성들을 부
릴 때에는 큰 제사를 받드는 것같이 하고, 자기가 바
라지 않으면 남에게 베풀지 말아야 하는 것이니, 그렇
게 하면 나라에 있어서도 원망이 없고 집에 있어서도
원망이 없느니라." 중궁이 말하기를, "제가 비록 우둔
하오나 그 말씀을 받들어 실천하도록 힘쓰겠습니다."

【註釋】
• 중궁(仲弓) : 덕행(德行)이 높았음.
• 재방(在邦) : 조정(朝廷)에 나아가 정사(政事)를 볼 때.

3

> 司馬牛問仁한대 子曰 仁者其言
> 也訒이니라 曰 其言也訒이면 斯謂
> 之仁矣乎이꼬 子曰 爲之難하니
> 言之得無訒乎아.

【對譯】
사마우가 인에 대하여 묻자, 공자가 말씀하시기를,
"어진 자는 그 말을 참느니라." 말하기를, "말을 참으

면 곧 인이 이루어진다고 하시는 말씀입니까?" 공자
가 말씀하시기를, "실천하기가 어려우니 어찌 말하는
것이 어렵지 않겠느냐." 즉, 사마우는 말이 많고 경솔
한 사람이었으므로 말을 참고 안하는 것이 인자가 되
는 길이라 말하는 것이다. 사마우의 성품(性品)이 조
급했기 때문에 이렇게 말한 것이다.

【註釋】

• 사마우(司馬牛) : 공자의 문인(門人)으로 경솔했음.

• 인(訒) : 말하기를 어려워하다.

4

사 마 우 문 군 자　자 왈　군 자
司馬牛問君子한대　子曰　君子

불 우 불 구　왈　불 우 불 구
不憂不懼니라　曰　不憂不懼면

사 위 지 군 자 의 호　자 왈
斯謂之君子矣乎이꼬　子曰

내 성 불 구　부 하 우 하 구
內省不疚어니　夫何憂何懼리요.

【對譯】

사마우가 군자에 대하여 묻자 공자가 말씀하시기를,
"군자는 근심하지 않고 두려워하지도 않는다." 말하기

를 "근심하지 않고 두려워하지도 않는다면, 이를 군자라 이른다는 말씀입니까?" 공자가 말씀하시기를, "스스로 마음을 반성하여 흠잡을 때가 없다면 어찌 근심하고 두려워할 것이 있으리요."

【註釋】
• 성(省) : 살피는 것.
• 구(疚) : 마음의 병, 또는 부끄러움.

5

> 子貢問政한대 子曰 足食足兵이면
> 民信之矣리라 子貢曰 必不得已
> 而去인맨 於斯三者何先이니이꼬 曰
> 去兵이니라 子貢曰 必不得已而
> 去언맨 於斯二者何先이니이꼬 曰
> 去食이니 自古皆有死어니와 民
> 無信不立이니라.

【對譯】

자공이 정사에 관하여 묻자, 공자가 말씀하시기를, "식량을 풍족히 하고, 군비를 충족하게 하여 백성이 믿고 따르게 하여야 하느니라." 자공이 다시 묻기를, "부득이하여, 버려야 한다면 이 셋 중에서 어느 것을 먼저 버려야 합니까?" "군비를 버려야 하느니라." 자공이 묻기를, "또 부득이하여 버려야 한다면 나머지 둘 중에서는 어느 것을 먼저 버려야 합니까?" "식량을 버려야 하느니라. 예로부터 사람에게는 다 죽음이 있게 마련이니, 백성에게 믿음이 없으면 나라가 바로 서지 못하는 법이니라."

【註釋】

• 족식(足食) : 백성을 위한 식량을 충분히 마련한다.
• 족병(足兵) : 군비를 충분히 하는 것.
• 부득이이거(不得已而去) : 어쩔 수 없이 버린다.

6

극 자 성 왈　군 자 질 이 이 의　　하 이
棘子成曰 君子質而已矣니 何以

문 위　　　자 공　　왈　석 호　　부 자
文爲리요 子貢이 曰 惜乎라 夫子

지 설 군 자 야　　　사 불 급 설　　　문
之說君子也나 駟不及舌리로다 文

유 질 야　　질 유 문 야　　호 표 지 곽
猶質也며 質猶文也니 虎豹之鞟이

유 견 양 지 곽
猶犬羊之鞟이니라.

【對譯】

극자성이 말하기를, "군자는 바탕이 훌륭하면 그만이지 문(文)으로 꾸며서 무엇하리요?" 자공이 말하기를, "애석합니다. 군자를 단정한 그대의 말씀은 네 필의 말이 끄는 마차로도 혀에 미치지 못할 것입니다. 문은 바탕과 같아야 하며, 바탕도 문과 같아야 하는 것입니다. 범이나 표범의 털을 뽑은 가죽은 개나 양의 털을 뽑은 가죽이나 마찬가지입니다." 즉 학문과 그 바탕이 일치할 때 비로소 군자가 됨을 나타낸 말이다.

【註釋】

• 극자성(棘子成) : 위(衛)의 대부(大夫).

- 질(質) : 본질(本質). 바탕.
- 사(駟) : 네 마리가 끄는 마차.
- 문유질(文猶質) : 문(文)도 질(質)과 같이 중요(重要)하다.
- 곽(鞹) : 털을 뽑아 버린 가죽.

7

애공 문어유약왈 연기용부족
哀公이 問於有若曰 年饑用不足

여지하 유약 대왈 합철
하니 如之何오 有若이 對曰 盍徹

호 왈 이오유부족 여
乎시니이꼬 曰 二吾猶不足이어니 如

지하기철야 대왈 백성족
之何其徹也리요 對曰 百姓足이면

군숙여부족 백성부족 군
君孰與不足이며 百姓不足이면 '君

숙여족
孰與足이리이꼬.

【對譯】

애공이 유약에게 묻기를, "흉년이 들어서 나라의 비용이 부족하니 어떻게 하면 좋겠소?" 유약이 대답하기를, "어찌하여 십분의 일 조세를 쓰지 않으십니까?"

말하기를, "십분의 이를 거두어도 부족하거늘 어찌 철법을 쓴단 말이오!" 유약이 대답하기를, "백성이 풍족하면 임금이 어찌 부족할 것이며, 백성이 풍족하지 못하면 임금인들 어찌 풍족할 것입니까."

【註釋】

• 유약(有若) : 공자의 제자.

• 합(盍) : 어찌 ~하지 않느냐? 하불(何不)의 합자(合字).

• 철(徹) : 조세법(租稅法).

• 이(二) : 10분의 2.

8

子張問崇德辨惑한대 子曰 主忠
信하며 徙義崇德也니라 愛之欲其
生하고 惡之欲其死하나니 旣欲其
生이요 又欲其死는 是惑也니라 誠
不以富요 亦祗以異로다.

【對譯】

자장이 덕을 숭상하고 미혹됨을 분별하는 것에 관하여 물자, 공자가 대답하시기를, "성실과 신의에 힘쓰고 정의로 옮겨감이 덕을 숭상하는 것이니라. 사랑하면 그가 살기를 바라나 미워하면 그가 죽기를 바라는데, 이미 살기를 바란 데다 또 죽기를 바라니 이것이 미혹이니라. 진심으로 부에 말미암은 것이 아니라 다만 사람에 따라 다르기 때문이니라."

【註釋】

• 변혹(辨惑) : 미혹(迷惑)됨을 가린다.
• 사의(徙義) : 언제나 정의(正義)에 따른다.

9

齊景公問政於孔子한대 孔子對
日 君君臣臣父父子子니이다 公
曰 善哉라 信如君不君하며 臣不
臣하며 父不父하며 子不子면 雖有
粟이나 吾得而食諸아.

237

【對譯】

제나라 경공이 공자에게 정사에 관하여 묻자 공자가 대답하시기를, "임금은 임금다워야 하고 신하는 신하다워야 하며, 아비는 아비답고 아들은 아들다워야 하나이다." 공이 말하시기를, "좋은 말씀이오. 진실로 임금이 임금답지 않고 신하가 신하답지 않으며, 아비가 아비답지 않고 자식이 자식답지 않다면, 비록 식량이 넉넉하다 하더라도 내 어찌 얻어서 먹으리요."

【註釋】

• 제경공(齊景公) : 제(齊)나라 경공(景公).
• 신여(信如) : 참으로 만약.
• 속(粟) : 녹(祿).

10

> 子曰 片言可以折獄者는 其由也
> 與인저 子路無宿諾이러라.

【對譯】

공자가 말씀하시기를, "짤막한 한두 마디 말을 듣고도 옥자를 판결할 수 있는 자는 바로 유일 것이며, 자로는 승낙한 일을 미루고 실행하지 않음이 없느니라."

【註釋】

• 편언(片言) : 한 마디의 말.

• 절옥(折獄) : 송사(訟事)를 판결(判決)함.

• 숙낙(宿諾) : 승낙한 말을 바로 실천(實踐)에 옮기지
못하고 하룻밤을 재우는 것.

11

> 子曰 君子成人之美하고 不成人
> 之惡하나니 小人反是니라.

【對譯】

공자가 말씀하시기를, "군자는 남의 장점을 키워 주고
남의 단점을 키워 주지 아니하나 소인은 이와 반대이
다." 즉, 남의 장점을 드러내서 그 사람의 용기를 돋
우어 주어야 한다는 뜻이다.

【註釋】

• 성(成) : 완성(完成)하다.

• 미(美) : 선미(善美)한 일.

• 악(惡) : 사악(邪惡)한 일.

12

季康子問政於孔子_{한대} 孔子對
曰 政者正也_니 子帥以正_{이면}
孰敢不正_{이리요.}

【對譯】

계강자가 공자에게 정치에 관하여 묻자, 공자께서 대
답하셨다. "정치란 바로잡는 것이오. 그대가 바르게
통솔한다면 누가 감히 부정할 수 있으리요." 즉, 위정
자가 모범을 보이고 바르게 행동하면, 옳지 않고 바르
지 않은 것은 자연히 없어지게 된다는 뜻이다. 위정자
(爲政者)가 바르게 행동하는데 누가 감히 바른 데로
돌아가지 않고 비뚤어지겠는가!

【註釋】

• 솔(帥) : 거느리고 나아감.

• 숙감부정(孰敢不正) : 누가 감히 바르게 행하지 아니
하겠습니까?

13

子張問 士何如斯可謂之達矣이
꼬 子曰 何哉오 爾所謂達者여 子
張對曰 在邦必聞하며 在家必聞
이니이다 子曰 是聞也라 非達也니라
夫達也者는 質直而好義하며 察
言而觀色하야 慮以下人하나니 在
邦必達하며 在家必達이니라 夫聞
也者는 色取仁而行違요 居之不
疑하나니 在邦必聞하며 在家必聞이
니라.

【對譯】

자장이 묻기를 "선비가 어떻게 해야만 통달했다 할 수
있습니까?" 공자가 말씀하시기를, "달한다는 것은 무

엇을 뜻하는 것이냐?" 자장이 말하기를, "나라에 나
아가 있어도 이름이 알려지고 집에 있어도 이름이 알
려지는 것입니다." 공자가 말씀하시기를, "그것은 명
성이지 달함이 아니니라. 무릇 달했다는 것은 질박하
고 정직하여 의를 좋아하며, 남의 말을 잘 살피고 기
색을 잘 관찰하여 신중하게 사람을 대하는 것이다. 그
래야 나라에 있어서도 반드시 달하게 되고 집에 있어
서도 반드시 달하게 되느니라. 대저 명성을 얻는 것이
란 겉으로는 인을 취하면서 행함에는 어긋나나 의심하
지 않고 태연함을 가장하는 것이다. 그렇게 하면 나라
에 나아가서도 명성을 얻고 집에 있어도 반드시 명성
을 얻게 되느니라." 즉 달(達)이라는 것은 내가 덕행
(德行)을 쌓아서 그 유덕(有德)함을 세상이 저절로 알
게 된다. 명성을 앞세우면 위선에 빠지기 쉽고 오명을
남길 수가 있음을 경고한 글이다.

【註釋】
• 자장(子張) : 허식(虛飾)과 외견(外見)을 잘 꾸미는
　버릇이 있는 사람이었음.
• 달(達) : 통달. 자기의 뜻을 달성함.
• 재방(在邦) : 나라에서 일을 보는 것.
• 관색(觀色) : 남의 안색, 표정을 살핌.
• 여이하인(慮以下人) : 생각이 깊고 남에게 겸손함.
• 색취인(色取仁) : 표면(表面)으로만 인(仁)을 취(取)
　함.

• 행위(行違) : 행동이 어긋남.

14

樊遲從遊於舞雩之下러니 曰 敢

問崇德修慝辨惑하노이다 子曰 善

哉라 問이여 先事後得이 非崇德

與아 攻其惡이요 無攻人之惡이

非修慝與아 一朝之忿으로 忘其

身하야 以及其親이 非惑與아.

【對譯】

번지가 공자를 따라 무우대 아래에서 노닐 때에 말하기를, "덕을 숭상하고 사악함을 바로잡으며 미혹을 분별하는 것에 관하여 감히 묻겠습니다." 공자가 말씀하시기를, "좋은 질문이로다. 일은 먼저 하고 소득은 뒤로 미루는 것이 덕을 쌓는 것이 아니겠느냐. 자기의 악은 공격하고 남의 악은 공격하지 않는 것이 간사함을 바로잡는 것이 아니겠느냐. 한때의 분노로 그 몸을

잊고 함부로 행동하여 자기 부모에게 화를 미치게 하
는 것이 미혹됨이 아니겠느냐. 즉, 일시적 감정에 현
혹되지 말고, 이성적(理性的)인 주체성을 잘 간직해야
함을 번지에게 가르친 것이다.

【註釋】

- 무우(舞雩) : 천(天)을 제사(祭祀)하고 기우(祈雨)하
  는 곳.
- 특(慝) : 마음속에 숨어 있는 사악(邪惡).
- 일조분(一朝忿) : 하루 아침의 분노(忿怒).

15

> 子貢자공이 問友문우한대 子曰자왈 忠告而善충고이선
>
> 道之도지하되 不可則止불가즉지하야 無自辱焉무자욕언
>
> 이니라.

【對譯】

자공이 벗을 사귀는 것에 관하여 묻자, 공자가 말씀하
시기를, "성의있게 잘못을 일러 주고 선함을 권하여
잘 이끌어 주되, 그것이 가능하지 않으면 그만두어 자

기까지 욕되지 않도록 하여야 하느니라."

【註釋】
• 문우(問友) : 교우(交友)의 도(道)를 묻는다.
• 도(道) : 도(導)와 동의어.

第十三篇 子路(자로)

1

子路問政한대 子曰 先之勞之니라

請益한대 曰 無倦이니라.

【對譯】

자로가 정사에 관하여 묻자, 공자가 말씀하시기를, "먼저 일하고 위로할 것이니라." 더 청하자, 말하기를, "게을리하지 마라." 즉, 백성들에 앞장서서 일하고 그들이 따라 하면 노고를 위로해 주라는 뜻이다.

【註釋】

• 선지로지(先之勞之) : 지(之)는 인민(人民). 백성들에 앞서서 일하고 백성들을 위로함.
• 청익(請益) : 설명(說明)의 첨가(添加)를 청함.
• 권(倦) : 게을리 행동함.

2

중궁위계씨재　　문정　　자왈
仲弓爲季氏宰라 **問政**한대 **子曰**

선유사　　사소과　　거현재
先有司오 **赦小過**하며 **擧賢才**니라

왈　언지현재이거지　　왈　거
曰 焉知賢才而擧之리이꼬 **曰 擧**

이소지　　이소부지　　인기사저
爾所知면 **爾所不知**를 **人其舍諸**아.

【對譯】

중궁이 계씨의 가재가 되어 정사에 관하여 묻자, 공자
가 대답하시기를, "먼저 유사(有司)들에게 일을 맡기
되 사소한 일은 용서하며 어진 사람을 등용하도록 하
라." 말하기를, "어떻게 어진 인재를 알아보고 등용합
니까?" 말하기를, "네가 알고 있는 사람을 등용하면
네가 모르는 사람을 다른 사람들이 내버려 두겠느
냐?" 즉 인재를 찾아서 등용한다는 것은 매우 힘들고
어려운 일이며 인사 관리의 중요성을 강조한 것으로
유능한 인재를 등용하여 소신껏 일하게 하라는 뜻이
다.

【註釋】

• 유사(有司) : 읍(邑)의 관리(官吏).

249

• 사소과(赦小過) : 작은 잘못은 용서함.

• 사(舍) : 사(捨)

3

子路曰　衛君待子而爲政하시나니

子將奚先이니이꼬　子曰　必也正名

乎인저　子路曰　有是哉라　子之迂

也여　奚其正이리이꼬　子曰　野哉라

由也여　君子於其所不知에

蓋闕如也니라　名不正이면　則言

不順하고　言不順이면　則事不成하고

事不成이면　則禮樂不興하고

禮惡不興이면　則刑罰不中하고

刑罰不中이면　則民無所措手足이

^고 ^{군 자 명 지} ^{필 가 언 야}
나라 故로 君子名之인댄 必可言也

^{언 지} ^{필 가 행 야} ^{군 자 어}
며 言之인댄 必可行也니 君子於

^{기 언} ^{무 소 구 이 이 의}
其言에 無所苟而已矣니라.

【對譯】

자로가 말하기를, "위나라 군주께서 선생님을 맞아들여 정치를 하게 된다면, 선생님께선 장차 무엇부터 시작하시겠습니까?" 공자가 말씀하시기를, "반드시 명분을 바로 세우리라." 자로가 말하기를, "이러한 점에는 선생님께서 현실과 거리가 먼 것이 있습니다. 어찌 그 명분을 밝히겠습니다?" 공자가 말씀하시기를, "천하고 속되구나, 유여. 군자는 자기가 알지 못하는 것에는 대개 참견하지 않는 것이니라. 명분이 바르게 서지 않으면 말이 서지 않고, 말이 서지 않으면 일이 이루어지지 않고, 일이 이루어지지 않으면 예와 악(樂)이 일어나지 않고, 예와 악이 일어나지 않으면 형벌이 도리에 맞지 않고, 형벌이 도리에 맞지 않으면 백성은 손발을 둘 곳이 없느니라. 그러므로 군자가 명분을 세우면 반드시 말이 서고, 말이 서면 반드시 시행되는 것이니, 군자는 그 말을 세움에 있어 조금도 소홀한 바가 있어서는 안 된다." 즉 군자는 말을 허술하게 해서는 안 된다.

【註釋】
• 대자(待子) : 선생님을 초대해서.
• 해(奚) : 何.
• 정명(正名) : 대의명분(大義名分).
• 무소구(無所苟) : 소홀히 해서는 안 된다.

4

번지청학가한대 子曰 吾不如老
農호라 請學爲圃한대 曰 吾不如
老圃호라 樊遲出커늘 子曰 小人
哉라 樊須也여 上好禮하면 則民
莫敢不敬하고 上好義하면 則民莫
敢不服하고 上好信하면 則民莫敢
不用情이니 夫如是면 則四方之
民이 襁負其子而至矣리니 焉用
稼리요.

【對譯】

번지가 곡식을 심는 법에 관하여 배우기를 청했다. 공자가 말씀하시기를, "나는 늙은 농부만 못하니라." 채소를 가꾸는 것에 관하여 배우기를 청하자 말하기를, "나는 채소 가꾸는 늙은이만 못하니라." 번지가 물러나가자 공자가 말씀하시기를, "소인이로다. 번수는 윗사람이 예를 좋아하면 백성이 감히 존경하지 않을 수 없고, 윗사람이 의를 좋아하면 백성이 감히 복종하지 않을 수 없고, 윗사람이 신의를 좋아하면 백성이 감히 성실하지 않을 수 없을 것이니, 대개 이렇게 하면 사방의 백성들이 포대기에 자식을 싸들고라도 모일 것인데, 곡식을 심는 법을 배워서 무엇하리요." 즉, 사람은 각자가 할 일이 있다는 뜻으로 정치가인 군자가 되려는 사람은 정치나 학문, 예악이나 덕행 등에 몰두하면 된다는 뜻이다. 위정자(爲政者)는 위정자, 지도자는 지도자로서 할 일이 있고 또 많다.

【註釋】

• 가(稼) : 오곡(五穀)을 심음.
• 포(圃) : 채소를 가꾸는 것.
• 강(襁) : 아기를 등에 업는 포대기.
• 번수(樊須) : 수(須)는 번지(樊遲)의 이름.

5

子曰 誦詩三百하되 授之以政에
不達하며 使於四方에 不能專對하
면 雖多나 亦奚以爲리요.

【對譯】

공자가 말씀하시기를, "《시경》의 시(詩) 3백 편을 다
외되 정사에 나아가서 이를 처리하지 못하고, 사방에
사절로 보내져도 자기의 독단으로 일을 처리하지 못한
다면, 비록 시를 많이 외고 있다 한들 무슨 소용이 있
으리요." 즉 시 3백 편을 외운다 해도 독단으로 임기
응변의 외교(外交)를 해내지 못한다면 무슨 필요가 있
을 것인가. 시를 모르는 것과 같음이라는 뜻이다.

【註釋】

• 송(誦) : 외우다.
• 대(對) : 외교(外交) 단판에 응대함을 말함.

6

子謂衛公子荊_{하대} 善居室_{이로다}

始有_에 曰 苟合矣_{라 하고} 所有_에

曰 苟完矣_{라 하고} 富有_에 曰 苟美

矣_{라 하니라.}

【對譯】

공자가 위나라의 공자 형(荊)을 평하여 말하기를, "집을 잘 다스렸도다. 재물이 좀 늘었을 때는 '진실로 모였다'로 했고, 조금 더 모였을 때는 '진실로 완비되었다'라고 했으며, 부유해졌을 때는 '진실로 화려하다'고 말하였느니라." 즉 위나라의 대부인 형이 가난하면서도 재물을 탐내지 않고, 부유해져도 사치하거나 교만하지 않으며, 항상 겸허한 생활태도를 지니는 것을 보고 칭찬한 말이다. 분수를 지키고 족함을 알아서 한꺼번에 많이 모이기를 탐하지 않았다는 말이다.

【註釋】

• 구합(苟合) : 간신히 가재(家財)가 모여서 소용(所用)에 맞음.

• 구완(苟完) : 간신히 갖출 것을 다 갖추었음.
• 구미(苟美) : 이제야 완비(完備)하고 아름답게 되었음.

7

子適衛_{하실새} 冉有僕_{이러니} 子曰

庶矣哉_라 冉有曰 旣庶矣_{어든} 又

何加焉_{이리이꼬} 曰 富之_{니라} 曰 旣富

矣_{어든} 又何加焉_{이리이꼬} 曰 敎之_{니라}.

【對譯】

공자가 위나라에 갔을 때에 염유가 마차를 몰고 따르
니, 공자가 말씀하시기를, "번성하구나." 염유가 말하
기를, "이미 번성하면 또 무엇을 더 해야 합니까?" 말
씀하시기를, "부를 베풀어야 하느니라." 말하기를,
"부하게 된다면 또 무엇을 더해야 합니까?" 말씀하시
기를, "가르쳐야 하느니라." 즉 산업을 일으켜서 생활
을 풍족케 하고, 교육 기관을 세워서 정신생활에 여유
를 갖게 함에 있다는 뜻.

【註釋】

• 적(適) : 가다.

• 복(僕) : 수레〔車〕를 몰고 따르다.

• 서(庶) : 인민(人民)이 번성하여 인구가 많다.

8

> 자왈　구유용아자　　기월이이
> **子曰 苟有用我者**면 **期月而已**라
>
> 　가야　　삼년　　유성
> 도 **可也**니 **三年**이면 **有成**이니라.

【對譯】

공자가 말씀하시기를, "진실로 나를 등용해 주는 사람이 있다면 단 일년만 되더라도 괜찮을 것이며, 삼 년이 지나면 훌륭하게 되어지리라." 즉, 명군(明君)이 있어 나를 등용해 준다면 단 일년 만에 한 나라의 질서를 바로잡고, 삼 년이면 치적(治績)을 이룩하겠다고 한 것이다.

【註釋】

• 구(苟) : 진실로.

• 기월(期月) : 1주년.

9

子曰 善人爲邦百年이면 亦可以
勝殘去殺矣라 하니 誠哉라 是言也

여.

【對譯】

공자가 말씀하시기를, "선인이 백 년 동안 나라를 다
스리면 가히 잔학함을 누르고 사형을 폐지시킬 수 있
다고 하니, 진실이로다. 이 말은." 즉, 옛말을 인용하
여 선인도 이런 정도인데 하물며 군자나 성인이 나라
를 다스리면 더욱 좋을 것이라는 말이다.

【註釋】

• 승잔(勝殘) : 잔악포악한 사람을 교화하여 악(惡)한
  일을 못하게 함.
• 거살(去殺) : 형벌사형(刑罰死刑)을 쓰지 않음.

10

子曰 如有王者_{라도} 必世以後仁

이니라.

【對譯】

공자가 말씀하시기를, "만일 성왕(聖王)이 있을지라도 반드시 한 세대 이후에라야 인덕이 세상에 미치리라." 즉 불의불선(不義不善)이 없는 국가(國家)를 이룩하려면 30년은 걸릴 것이다. 이는 인민(人民)을 교화시킴에 있어서 단시일에 이룩되지 않음을 말한 것이다.

【註釋】

• 세(世) : 30년, 1세대.
• 인(仁) : 인덕(仁德)이 이룩되리라.

11

子曰 苟正其身矣_면 於從政乎何
有_며 不能正其身_{이면} 如正人何_오.

259

【對譯】

공자가 말씀하시기를, "진실로 그 자신이 바르다면 정사에 종사함에 있어서 무슨 어려움이 있겠는가. 그 자신을 바로잡지 못한다면 어찌 남을 바르게 다스릴 수 있으랴. 즉 사심(邪心)을 없앤다면 백성들은 저절로 감화(感化)되어 시정 방침에 따라오게 됨을 말한다.

【註釋】

• 방(邦) : 최소한, 적어도.
• 종정(從政) : 정치를 함.

12

> 冉子退朝어늘 子曰 何晏也오 對
> 曰 有政이러이다 子曰 其事也로다
> 如有政이맨 雖不吾以나 吾其與
> 聞之니라.

【對譯】

염유가 조정에서 물러나오자 공자가 말씀하시기를,

"왜 그렇게 늦었느냐?" 대답하기를, "정사에 관한 일이 있었나이다." 공자가 말씀하시기를, "그것은 사사였을 것이다. 만일 정사에 관한 일이었다면, 비록 내 등용되지 않았지만 나는 그 일을 들었을 것이다." 즉 제자 염유에게 공과 사를 혼동하지 말라고 이르는 것이다.

【註釋】

• 하안(何晏) : 왜 늦었느냐? 晏 = 晩
• 수불오이(雖不吾以) : 비록 등용되지는 않았으나.

13

> 섭 공 문 정　　자 왈　근 자 열
> **葉公問政**한대 **子曰 近者說**하며
>
> 원 자 래
> **遠者來**니라.

【對譯】

섭공이 정치에 관하여 묻자, 공자가 말씀하시기를, "가까운 사람들은 기뻐하고 멀리 있는 사람들은 오는 것이니라." 즉 덕으로 나라를 다스리면 사람이 모인다는 뜻이다.

【註釋】

- 섭공(葉公) : 심저량(沈諸深). 字는 자고(子高).
- 열(說) : 만족하고 기뻐함.

14

子夏爲莒父宰問政한대 子曰 無
欲速하며 無見小利니 欲速則不
達하고 見小利則大事不成이니라.

【對譯】

자하가 거보의 읍재가 되어 정치에 관하여 물었다. 공자가 말씀하시기를, "일을 빨리 하려고 하지 말며 작은 이익을 돌아보지 말아라. 빨리 하고자 하면 달하지 못하고 작은 이익을 돌아보면 큰 일을 이루지 못하느니라." 즉, 위정자는 정사(政事)에 대하여 원대한 목표를 향해 착실히 한 걸음 한 걸음 앞을 내다보고 전진해야 한다고 가르친 것이다.

【註釋】

- 거보(莒父) : 노(魯)나라의 읍(邑) 이름.

15

樊遲問仁_{한대} 子曰 居處恭_{하며} 執

事敬_{하며} 與人忠_을 雖之夷狄_{이라도}

不可棄也_{니라}.

【對譯】

번지가 인에 대하여 묻자, 공자가 말씀하시기를, "평소에 공손하고, 일을 하는 데 있어 신중하고, 남과 사귀기를 성실히 하면 비록 오랑캐의 땅에 갈지라도 결코 버림을 받지 않으리라."

【註釋】

• 거처(居處) : 평상시 일이 없이 집에 있을 때.
• 집사(執事) : 일을 맡아 처리함.
• 수지이적(雖之夷狄) : 비록 오랑캐 땅에 간다 할지라도.

16

子曰　不得中行而與之_{인댄}　必也
狂猖乎_{인저}　狂者進取_오　猖者有
所不爲也_{니라.}

【註釋】

공자가 말씀하시기를, "중용의 길을 행하는 사람을 얻
어 가르치지 못할 바에는 과격하고 고집이 센 사람을
택하리라. 과격한 사람은 진취적이고, 고집이 센 사람
은 함부로 나쁜 짓을 하지 않느니라." 즉 과부족이 없
이 항상 중도(中道)의 덕(德)을 행(行)하는 사람이 있
으면 이런 사람을 얻어서 가르치고 싶으나, 세상에 중
도인(中道人)을 얻기가 어려운 일이니 그럴 바엔 차라
리 광자(狂子)와 견자(猖者)를 상대해서 가르치고 사
귈 만하다는 뜻이다.

【註釋】

• 중행(中行) : 행위 가운데 바른 것을 얻은 사람을 말
  함.
• 여지(與之) : 한패가 됨.
• 광(狂) : 뜻은 높지만 행동이 그에 따르지 못하는 것.

- 견(狷) : 지식은 충분하지 않지만 절조(節操)가 굳은 것.
- 유소불위(有所不爲) : 나쁘다고 생각되는 일은 절대로 안함.

17

子曰 南人有言曰 人而無恒이면
不可以作巫醫라 하니 善夫라 不恒
其德이면 或承之羞라 하니 子曰 不
占而已矣니라.

【對譯】

공자가 말씀하시기를, "남방 사람들의 말에, '사람으로서 꾸준함이 없으면 무당이나 의원도 손을 쓸 수 없다'라는 말이 있는데, 옳은 말이다. 그 덕을 행함에 꾸준함이 없으면 항상 부끄러움을 당하느니라." 공자가 또 말씀하시기를, "그런 사람은 점을 칠 것도 없느니라." 즉, 사람에게 꾸준한 끈기가 없으면 아무것도 이루지 못한다는 뜻이다. 다른 말로 한다면 자기 행동의

기준을 세우지 못하고 조석으로 변덕을 잘 부리는 인간
은 무당은 물론 의사 노릇도 못해 먹는다는 말이다.

【註釋】
• 남국인(南國人) : 오월인(吳越人).
• 항(恒) : 떳떳하여 변심하지 않는 것.
• 승(承) : 수(受).

18

子曰 君子和而不同하고 小人同
而不和니라.

【對譯】
공자가 말씀하시기를, "군자는 남과 화합하되 뇌동하
지는 않지만, 소인은 남과 뇌동은 하지만 화합하지는
못하느니라." 즉, 도의적으로 타당치 않다고 생각될
때에는 조금도 거리낌없이 행동하기를 거부하므로 화
목한 사람에게도 뇌동(雷動)하는 일은 없다.

【註釋】
• 화(和) : 사화집단을 위해 협조함.

• 동(同) : 무조건 동화되어 버림.

19

子曰 以不敎民戰_{이면} 是謂棄之

<small>자왈 이불교민전 시위기지</small>

니라.

【對譯】

공자가 말씀하시기를, "교화되지 않은 백성으로 전쟁을 하는 것은 곧 그들을 버리는 것이니라." 즉, 백성을 정신적으로 교화시키고 전투 훈련을 충분히 시킨 정병이라야 전쟁에서 이길 수 있다는 뜻이다.

【註釋】

• 이(以) : 사용함.
• 기지(棄之) : 백성을 버림.

第十四篇 憲問(헌문)

1

憲^헌이 問恥^{문치}한대 子曰^{자왈} 邦有道穀^{방유도곡}하되

邦無道穀^{방무도곡}이 恥也^{치야}니라.

【對譯】

헌이 부끄러움에 관하여 물었다. 공자가 말씀하시기
를, "나라에 도가 있으면 녹을 받아야 할 것이나, 나
라에 도가 없는데도 녹을 받는 것은 부끄러운 일이니
라. 즉, 불의가 행해지는 나라에서 신하로서 녹을 받
는 것은 선비의 도리가 아니라는 뜻이다. 반대로 그
나라의 도덕과 정의가 통하는 시대는 정치가 올바르게
되어 나가는 시기이다. 이런 시기에 나라의 녹을 받는
다는 것은 보람있고 떳떳한 일이라는 것이다.

【註釋】

• 헌(憲) : 공자의 제자 원사(原思). 헌(憲)은 그의 이름.
• 곡(穀) : 녹(祿)

2

克伐怨欲_을 不行焉_{이면} 可以爲
仁矣_{니이꼬} 子曰 可以爲難矣_{어니와}
仁則吾不知也_{케라.}

【對譯】

남을 꺾고, 자신을 뽐내고, 남을 원망하고, 욕심부리
는 일을 하지 않는다면 인이라 할 수 있습니까? 공자
가 말씀하시기를, "가히 어려운 일이거니와 그것이 인
인지는 내 아직 알 수 없느니라." 즉, 인(仁)은 사심
(私心)을 억제하는 데 있는 것이 아니고, 사심(私心)
이 없는 마음에 있는 것이다. 공자가 모르겠다고 말씀
하는 것은 인(仁)이 무엇인지 모르겠다는 것이 아니
고, 인(仁)을 억제하는 그 마음의 동기나 목적을 모르
겠다는 뜻이다. 다시 말해서 억제하려는 태도를 인
(仁)이라 할지 모르겠다는 말이다.

【註釋】

• 극(克) : 남에게 이기기를 좋아함.
• 벌(伐) : 자기의 공(功)을 자랑하고 내세움.
• 가이위난(可以爲難) : 그렇게 하기란 퍽 어렵다.

3

子曰 有德者必有言이어니와 有言
者不必有德이니라 仁者必有勇이어
니와 勇者不必有仁이니라.

【對譯】

공자가 말씀하시기를, "덕이 있는 사람의 말은 들을
만하지만, 말이 들을 만한 사람이라고 해서 반드시 덕
이 있는 것은 아니니라. 인자는 반드시 용기가 있으
나, 용기가 있는 사람이라고 반드시 어질지는 않느니
라." 즉 말을 잘하고 용기가 있음이 인덕(仁德)이 아
님을 말한다.

【註釋】

• 덕(德) : 올바른 정신, 인(仁)을 행동으로 구현한 것
  임.
• 유언(有言) : 도리에 맞는 훌륭한 말은 들을 만한 것
  이 있다는 뜻.

4

子曰　貧而無怨難하고　富而無驕
易하니라.

【對譯】

공자가 말씀하시기를, "가난하면서 원망하지 않기는
어렵고, 부자이면서 교만하지 않기는 어렵다."

【註釋】

• 빈(貧) : 가난함.
• 교(驕) : 교만함.

5

子貢曰 管仲非仁者與인저 桓公

殺公子糾어늘 不能死오 又相之온

여 子曰 管仲相桓公하고 覇諸侯

하야 一匡天下하니 民到于今受

其賜하나니 微管仲이면 吾其被髮

左衽矣러니라 豈若匹夫匹婦之爲

諒也라 自經於溝瀆而莫之知也

리요.

【對譯】

자공이 말하시기를, "관중은 인한 사람이 아니었습니까? 환공이 공자 규를 죽였거늘 따라 죽지 못하였고, 더욱이 돕기까지 하였으니." 공자가 말씀하시기를, "관중이 환공을 도와서 제후들의 패자가 되게 하고 천하를 하나로 통일하여 바로잡았으니, 백성들은 지금도 그 혜택을 받고 있다. 만일 그가 없었다면 우리들은 머리를 풀고 옷깃을 좌로 여미는 오랑캐족이 되었을 것이다. 어찌 필부필부들이 조그만 신의를 위하여 스스로 개천에서 목매어 죽어도 알아 주는 사람이 없는 것과 같으리요." 즉, 관중은 변절을 했되 환공(桓公)을 보필하여 제(齊)나라가 천자(天下)의 패자(覇者)가 되게 하여 이적(夷狄)을 물리치고 천하(天下)의 어지러움을 바로잡았다는 말이다.

【註釋】

• 상(相) : 도움과 같음.
• 패(覇) : 제후(諸侯)의 장(長)을 말함.
• 일광(一匡) : 한 번 바로잡음.
• 미(微) : 無.
• 임(袵) : 옷깃.
• 량(諒) : 소절(小節)을 지킴.
• 경(經) : 목매어 죽는 것.

6

> 子言衛靈公之無道也러시니 康子
>
> 曰 夫如是로되 奚而不喪이니이꼬
>
> 孔子曰 仲叔圉治賓客하고 祝鮀
>
> 治宗廟하고 王孫賈治軍旅하니 夫
>
> 如是니 奚其喪이리요.

【對譯】

공자가 위나라의 영공의 무도함을 말씀하자, 계강자가 말하기를, "그와 같이 무도한데 어찌 군주의 자리를 잃지 않나이까?" 공자가 말씀하시기를, "중숙어는 빈객을 맡아 보고, 축타는 종묘를 맡아 보고, 왕손가는 군자의 지휘를 맡아 보고 있소. 이와 같이 하는데 어찌 왕의 자리를 잃을 까닭이 있겠소." 즉, 영공은 무도한 군주이지만, 인재를 적재적소에 배치하였으므로 왕위를 유지할 수 있다는 뜻이다.

【註釋】

• 왕손가(王孫賈) : 위(衛)의 가신(家臣).

7

> <ruby>子路<rt>자 로</rt></ruby> <ruby>問事君<rt>문 사 군</rt></ruby>한대 <ruby>子曰<rt>자 왈</rt></ruby> <ruby>勿欺也<rt>물 기 야</rt></ruby>오
> <ruby>而犯之<rt>이 범 지</rt></ruby>니라.

【對譯】

자로가 임금을 섬기는 일에 대하여 묻자, 공자가 말씀
하시기를, "속이지 말고 직언으로 간하여라." 즉, 임
금의 잘못을 보았을 때 즉시 간언(諫言)할 수 있는 능
력과 진심으로 임금을 보좌하라는 뜻이다.

【註釋】

· 물기(勿欺) : 속이지 마라.
· 범(犯) : 임금의 면전에서 굽히지 않고 간쟁(諫諍)함.

8

> <ruby>微生畝謂孔子曰<rt>미 생 묘 위 공 자 왈</rt></ruby> <ruby>丘何爲是栖<rt>구 하 위 시 서</rt></ruby>
> <ruby>栖者與<rt>서 자 여</rt></ruby>오 <ruby>無乃爲佞乎<rt>무 내 위 녕 호</rt></ruby>아 <ruby>孔子曰<rt>공 자 왈</rt></ruby>
> <ruby>非敢爲佞也<rt>비 감 위 녕 야</rt></ruby>라 <ruby>疾固也<rt>질 고 야</rt></ruby>니라.

【對譯】

미생묘가 공자에게 이르기를, "구는 어찌하여 그리도 분주한가? 설마 구변으로 남의 마음을 사려는 것은 아니겠지." 공자가 말씀하시기를, "구변으로 남의 마음을 사 보겠다는 생각은 감히 하지 않습니다. 다만 고루함을 싫어할 뿐입니다."

【註釋】

• 미생묘(微生畝): 성(姓)은 미생(微生). 이름이 묘(畝).

• 위녕(爲佞): 녕은 말솜씨. 말을 팔아먹는다.

• 질고(疾固): 세상(世上)이 고루(固陋)한 것을 가슴 아프게 근심함.

9

闕黨童子將命이어늘 或이 問之曰

益者與이꼬 子曰 吾見其居於位

也하며 見其與先生竝行也하니 非

求益者也라 欲速成者也니라.

【註釋】

궐당의 동자가 손님의 안내를 맡아 하고 있었는데, 어떤 사람이 공자에게 묻기를, "학문에 진취가 있는 사람입니까?" 공자가 말씀하시기를, "나는 그 아이가 어른들 자리에 앉고, 어른들과 나란히 걷는 것을 보았으니, 그는 학문에 정진하려는 아이가 아니라 빨리 이이루어지기를 바라는 아이이니라." 즉 공문에 신입생이 들어왔는데 학문에 정진하려 하지 않고 빨리 입신출세나 했으면 하는 기질이 있어 몰지각한 선비들을 나무라는 공자의 의도를 엿보게 하는 글이다.

【註釋】

• 당(黨) : 500호(戶) 되는 마을.
• 장명(將命) : 객(客)과 주인(主人) 사이의 말을 전하는 동자(童子)의 직(職).
• 거어위(居於位) : 동자(童子)가 예(禮)를 어기고 성인(成人)의 좌위(坐位)에 앉아 있었다.
• 익자여(益者與) : 학문에 대하여 더욱 정진 노력하는 아이냐?

第十五篇 衛靈公(위령공)

1

衛靈公問陳於孔子_{한대} 孔子對曰 俎豆之事_는 則嘗聞之矣_{어니와} 軍旅之事_는 未之學也_라 하시고 明日遂行_{하시다} 在陳絶糧_{하니} 從者病_{하야} 莫能興_{이러니} 子路慍_{하야} 見曰 君子亦有窮乎_{이꼬} 子曰 君子固窮_{이니} 小人窮斯濫矣_{니라.}

【對譯】

위의 영공이 공자에게 작전법에 관하여 물으니, 공자가 말씀하시기를, "조두를 다루는 일에 관하여는 일찍이 들어서 알지만, 군사를 지휘하는 일은 아직 배운 바가 없나이다."하고 그 이튿날 길을 떠났다. 진나라에 있을 때에 양식은 떨어지고 따르던 사람들은 병들어 일어나지 못하니, 자로가 화를 내며 공자를 보고 말하기를, "군자도 곤궁한 때가 있습니까?" 공자가 말씀하시기를, "군자는 곤궁에 대하여 잘 견디어 나아가지만 소인은 곤궁해지면 과도하게 행동하느니라." 즉, 난세(亂世)에는 군자(君子)도 소인(小人)과 마찬가지로 곤궁할 때가 있다. 그러나 군자(君子)는 아무리 궁색하여도 하늘을 원망하거나 사람을 나무라지 않고, 천명(天命)에 순종할 줄 안다는 뜻이다.

【註釋】

• 진(陣) : 작전법.
• 조두지사(俎豆之事) : 조(俎)는 희생물을 괴는 제기(祭器), 두(豆)도 식육(食肉)을 괴는 제기(祭器)로 조두지사(俎豆之事)라고 하면 문화적 정치의 뜻.
• 온(慍) : 노여워하는 것.
• 람(濫) : 그른 일을 범하는 것.

2

> 子曰 賜也아 女以予로 爲多學而
> 識之者與아 對曰 然하이다 非與이
> 까 曰 非也라 予一以貫之니라.

【對譯】

공자가 말씀하시기를, "사야, 너는 내가 많이 배워서 그것을 모두 기억하고 있는 사람이라고 생각하느냐?" 대답하기를, "그렇습니다. 그렇지 않사옵니까?" 말씀하시기를, "아니니라. 나는 하나로써 관철하고 있느니라."

【註釋】

• 사(賜) : 자공(子貢)의 이름.

• 지(識) : 기억하다.

• 일이관지(一以貫之) : 오로지 절대유일한 인(仁)만을 가지고 시종 관철(貫徹)하고 있다.

3

> 자왈 무위이치자　　기 순 야 여
> 子曰 無爲而治者는 其舜也與신
> 부 하 위 재　　공 기 정 남 면 이
> 저 夫何爲哉시리요 恭己正南面而
> 이 의
> 已矣시니라.

【對譯】

공자가 말씀하시기를, "아무것도 하지 않고 천하를 잘 다스린 사람은 그 순 임금이었을 것이다. 그분이 무엇을 하였겠느냐. 자신을 공손히 하고 바르게 남면하여 천자의 자리에 앉아 있었을 따름이니라."

【註釋】
- 무위이치(無爲而治) : 인위적(人爲的)으로 애쓰지 않고 자연스럽게 내맡겨 두고도 천하가 잘 다스려졌다.
- 공기(恭己) : 자기 처신을 남 앞에서 공손하게 함.

4

> 안연문위방
> 顔淵問爲邦한대
> 자왈 행하지시
> 子曰 行夏之時하며
> 승은지로
> 乘殷之輅하며
> 복주지면
> 服周之冕하며
> 악즉소무
> 樂則韶舞오
> 방정성
> 放鄭聲하며
> 원녕인
> 遠佞人이니
> 정성음
> 鄭聲淫하고
> 영인태
> 佞人殆니라.

【對譯】
안연이 나라를 다스리는 것에 대하여 묻자 공자가 말씀하시기를, "하나라의 역법을 쓰고, 은나라의 수레를 타고, 주나라의 면류관을 입고, 음악은 순의 소무(韶舞)를 해야 한다. 정나라의 음악을 추방하고 아첨하는 사람을 멀리할 것이니, 정나라의 음악은 음탕하고 아첨하는 사람은 위험하니라."

【註釋】
• 위방(爲邦) : 나라를 다스리는 방법.
• 은지로(殷之輅) : 은(殷)의 대거(大車). 가장 검소한 나무로 만든 수레였음.
• 면(冕) : 예관(禮冠).
• 영인(佞人) : 말 잘하고 아첨하는 자.

5

子曰 知及之오도 仁不能守之면
雖得之나 必失之니라 知及之하며
仁能守之오도 不莊以涖之면 則
民不敬이니라 知及之하며 仁能守
之하며 莊以涖之오도 動之不以禮
면 未善也니라.

【對譯】

공자가 말씀하시기를, "지혜가 그 지위에 미친다 하더
라도 인으로써 지키지 못하면, 비록 얻었다 할지라도
반드시 잃게 되느니라. 지혜로 그 지위를 얻고 인으로
지킬 수 있다 할지라도 위엄으로 임하지 않으면 백성
들이 공경하지 않느니라. 지혜로 그 지위를 얻고 인으
로 그 자리를 지킬 수 있고, 위엄으로 임한다 할지라
도 예로써 백성을 다스리지 않는다면 아직 잘 된 것은
아니니라."

【註釋】

• 지급지(知及之) : 지능(知能)으로써 그것을 잡았다.
• 장(莊) : 위엄(威嚴).
• 이(涖) : 인민(人民)을 대(對)함.

第十六篇 季氏(계씨)

1

季氏將伐^{계씨장벌전유}顓臾러니 冉有季路見^{염유계로현}

於孔子曰 季氏將有事於顓臾로^{어공자왈 계씨장유사어전유}

소이다 孔子曰 求^{공자왈 구}야 無乃爾是過^{무내이시과}

與^여아 夫顓臾^{부전유}는 昔者先王以爲東^{석자선왕이위동}

蒙主^{몽주}하시고 且在邦域之中矣^{차재방역지중의}라

是社稷之臣也^{시사직지신야}니 何以伐爲^{하이벌위}리요

冉有曰 夫子欲之^{염유왈 부자욕지}언정 吾二臣者^{오이신자}

는 皆不欲也^{개불욕야}로이다.

【對譯】

계씨가 전유를 정벌하려 함에, 염유와 계로가 공자를 보고 말하기를, "계씨가 장차 전유에 일을 일으키려 하나이다." 공자가 말씀하시기를, "구야, 그것은 바로 너의 과실이 아니냐? 전유는 옛 선왕이 동몽산의 제주(祭主)로 삼았고, 또 그 봉지(封地)는 노나라의 영역 안에 있느니라. 그는 나라의 사직을 맡은 신하인데 어찌

정벌하겠느냐." 염유가 말하기를, "그분이 하고자 하는
것이지, 저희 두 신하가 원하는 것이 아니옵니다."

【註釋】

• 전유(顓臾) : 복희(伏羲)의 후손.

• 사(事) : 공격함.

• 동몽주(東蒙主) : 몽산(蒙山)의 제주(祭主).

• 사직지신(社稷之臣) : 국가의 제사(祭祀)를 지내는 신
(臣).

2

공자왈 천하유도즉례악정벌
孔子曰 天下有道則禮樂征伐이
자천자출 천하무도즉례악
自天子出하고 天下無道則禮樂
정벌 자제후출 자제후출
征伐이 自諸侯出하나니 自諸侯出
개십세희불실의 자대부
이면 蓋十世希不失矣오 自大夫
출 오세희불실의 배신집
出이면 五世希不失矣오 陪臣執
국명 삼세희불실의 천하
國命이면 三世希不失矣니라 天下

有道면 則政不在大夫하고 天下
有道면 則庶人不議하나니라.

【對譯】

공자가 말씀하시기를, "천하에 도가 있으면 예악과 정
벌에 대한 명령이 천자에게서 나오고, 천하에 도가 없
으면 예악과 정벌에 대한 명령이 제후에게서 나온다.
명령이 제후에게서 나오면 대체로 10대 안에 망하지
않음이 드물고, 대부에게서 나오면 5대 안에 나라가
망하지 않음이 드물고, 배신이 국권을 잡는다면 3대
에 나라가 망하지 않음이 드무니라. 천하에 도가 있으
면 정권이 대부에게 있지 않고, 도가 있으면 백성들이
나라일을 의논하지 않느니라." 즉, 국가가 정의로 다스
려지고 질서가 확립되어 있다면 신하가 정권을 휘두를
수 없고, 백성들도 국사를 비난하지 않는다는 뜻이다.

【註釋】

• 자천자출(自天子出) : 천자(天子)로부터 나간다.
• 개(蓋) : 아마, 대략.
• 희(希) : 희소(稀小), 드물다.
• 배신(陪臣) : 가신(家臣).
• 서인(庶人) : 서민(庶民).

3

^{공 자 왈} ^{군 자 유 구 사} ^{시 사 명}
孔子曰 君子有九思하니 **視思明**하

^{청 사 총} ^{색 사 온} ^{모 사 공}
며 **聽思聰**하며 **色思溫**하며 **貌思恭**

^{언 사 충} ^{사 사 경} ^{의 사 문}
하며 **言思忠**하며 **事思敬**하며 **疑思問**

^{분 사 난} ^{견 득 사 의}
하며 **忿思難**하며 **見得思義**니라.

【對譯】

공자가 말씀하시기를, "군자에게는 아홉 가지 생각하는 일이 있느니라. 보는 것은 명백히 보기를 생각하고, 듣는 것은 총명하게 듣기를 생각하고, 얼굴빛은 부드럽게 하기를 생각하고, 자태는 공손하게 하기를 생각하고, 말은 성실하게 하기를 생각하고, 일에는 조심하기를 생각하고, 의심나는 것에는 묻기를 생각하고, 화가 날 때에는 어려움을 당할 것을 생각하고, 이득을 보면 의로운가를 생각하느니라.

【註釋】

• 색사온(色思溫) : 안색이 온화하고자 생각하다.
• 모(貌) : 몸가짐.
• 분사난(忿思難) : 분할 때는 감정에 못이겨 잘못을 저

질러 환난이 부모에게 미치지 않을까 생각한다.

• 견득사의(見得思義) : 이득을 눈앞에 보면 의(義)를
  생각한다.

第十七篇 陽貨(양화)

1

陽貨欲見孔子_{어늘} 孔子不見_{하신대}

歸孔子豚_{이어늘} 孔子時其亡也而

往拜之_{러시니} 遇諸塗_{하시대} 謂孔子

曰 來_{하라} 予與爾言_{호리라} 曰 懷

其寶而迷其邦_을 可謂仁乎_아 曰

不可_라 好從事而亟失時_를 可謂

知乎_아 曰 不可_라 日月逝矣_라 歲

不我與_{니라} 孔子曰 諾_타 吾將仕

矣_{호리라}.

【對譯】

양화가 공자를 보고자 하였으나 공자가 만나 주지 아니하였더니 그는 공자에게 돼지를 보내왔다. 공자는 그가 없는 틈을 타 사례를 하고 돌아오는 길에 그를 만났다. 그가 공자에게 말하기를, "오시오, 내 당신에

게 말을 좀 하리다." 말하기를, "그 훌륭한 재능을 가
슴 속에 품고 있으면서 나라를 어지럽게 버려 두는 것
을 인하다 할 수 있겠소?" 말하기를, "그렇다고 할 수
없소." "정치에 임하기를 좋아하면서 자주 때를 잃는
것을 지혜롭다 할 수 있겠소?" 말하기를, "그렇다고
도 할 수 없소." "나날은 지나가고, 세월은 우리들을
기다려 주지 않소이다." 그러자 공자가 말씀하시기를,
"그렇소. 내 장차 벼슬을 하리다."

【註釋】

• 양화(陽貨) : 계씨(季氏)의 가신(家臣) 양호(陽虎). 계
환자(季桓子)를 잡아 가두고 국정(國政)을 장악했음.
• 귀공자돈(歸孔子豚) : 공자에게 돼지를 선사함.
• 도(塗) : 길 도중에서.
• 미기방(迷其邦) : 나라를 어지럽게 둠.

2

子曰 禮云禮云하니 玉帛云乎哉

며 樂云樂云하나 鍾鼓云乎哉아.

【對譯】

공자가 말씀하시기를, "예라, 예라 하지만, 어찌 옥과

비단과 같은 것을 말하리요, 악이라, 악이라 하지만
어찌 종과 북과 같은 악기를 말하는 것이리요." 즉,
예악(禮樂)을 행함에 있어 경(敬)과 화(和)의 마음이
앞서야 한다는 말이다.

【註釋】

• 옥백(玉帛) : 옥과 비단. 제후(諸侯)가 예를 행할 때
  씀.
• 종고(鍾鼓) : 종과 북.

3

> 자왈 비부   가여사군야여재
> **子曰 鄙夫는 可與事君也與哉아**
> 기미득지야   환득지   기득
> **其未得之也엔 患得之하고 旣得**
> 지   환실지   구환실지
> **之하얀 患失之하나니 苟患失之면**
> 무소부지의
> **無所不至矣니라.**

【對譯】

공자가 말씀하시기를, "비속한 사람과는 함께 임금을
섬길 수 없도다. 지위를 얻기 전에는 그것을 얻지 못

하여 염려를 하고, 이미 얻었으면 잃지 않으려고 염려를 한다면 못하는 짓이 없게 되느니라."

【註釋】
• 비부(鄙夫) : 졸장부. 소인(小人). 천한 사람.

4

子曰 飽食終日하야 無所用心이면
_{자 왈 포 식 종 일} _{무 소 용 심}

難矣哉라 不有博奕者乎아 爲之
_{난 의 재} _{불 유 박 혁 자 호} _{위 지}

猶賢乎已니라.
_{유 현 호 이}

【對譯】
공자가 말씀하시기를, "종일 배불리 먹기만 하고 마음 쓰는 데가 없으면 어려운 노릇이다. 장기와 바둑이 있지 않느냐, 그런 것이라도 하는 게 오히려 좋을 것이니라."

【註釋】
• 무소용심(無所用心) : 마음 쓰는 데가 없음. 아무 하는 일이 없음.
• 혁(奕) : 바둑.

5

子曰 唯女子與小人이 爲難養也
니 近之則不孫하고 遠之則怨이니라.

【對譯】

공자가 말씀하시기를, "여자와 소인은 다루기 어렵다.
가까이하면 불손하게 굴고, 멀리하면 원망하느니라."

【註釋】

- 난양(難養) : 다루기 어렵다.
- 손(孫) : 공손(恭遜)하다.
- 원(怨) : 원망(怨望)하다.

6

子曰 年四十而見惡焉이면 其終
也已니라.

【對譯】

공자께서 말씀하시기를, "나이 사십이 되어서도 남에게 미움을 받는다면 그것은 더 이상 볼 것이 없느니라."

【註釋】

• 견오(見惡) : 남에게 미움을 당한다.

第十八篇 微子(미자)

1

微子去之_{하고} 箕子爲之奴_{하고} 比
干諫而死_{하니라} 孔子曰 殷有三
仁焉_{하니라.}

【對譯】

미자는 가고, 기자는 종이 되고, 비간은 간하다가 죽
었다. 공자가 말씀하시기를, "은나라에 인자가 셋이
있었느니라." 즉, 은(殷)나라 주왕(紂王)의 포악무도
한 정치로 나라가 망할 것을 알고, 미자는 떠나고, 기
자도 주(紂)에게 간하였으나 오히려 죄인으로 몰려 종
이 되었다. 비간은 가슴이 찢겨서 죽음을 당했다. 나
라를 사랑하는 지성(至誠)에서 취한 충신의 덕행이니,
공자가 평(評)하여 "은(殷)나라에 인자(仁者)가 세 사
람 있었다"고 하였다.

【註釋】

• 미자(微子): 주왕(紂王)의 서형(庶兄).
• 기자(箕子): 기국(箕國)의 자작(子爵).
• 비간(比干): 주(紂)의 제부(諸父).

2

齊景公이 待孔子曰 若季氏則吾

不能이어니와 以季孟之間으로 待之

하리라 하고 曰 吾老矣라 不能用也라

한대 孔子行하시다.

【對譯】

제(齊)의 경공이 공자를 대우하는 일에 대하여 말하기를, "계씨 정도로 대우하지는 못하지만 계씨와 맹씨의 중간쯤은 대우해 주리라" 하고 말했다가, "내 늙었으니, 그나마 쓸 수 없구나." 그러자 공자는 떠났다. 즉, 공자가 제나라에 갔을 때, 경공이 그를 등용하려 했으나 실천자들의 반대로 뜻을 이루지 못하는 대목이다.

【註釋】

• 대(待) : 대우함.
• 계씨(季氏) : 노(魯)나라의 상경(上卿).
• 맹씨(孟氏) : 계(季)씨의 다음가는 귀족. 대경(大卿).

3

초 광 접 여 가 이 과 공 자 왈　봉 혜
楚狂接輿歌而過孔子曰 鳳兮

봉 혜　여　하 덕 지 쇠　오　왕 자　는　불 가
鳳兮여 何德之衰오 往者는 不可

간　이어니와　내 자　는　유 가 추　니　이 이
諫이어니와 來者는 猶可追니 已而

이 이　이다　금 지 종 정 자 태 이　니라　공
已而이다 今之從政者殆而니라 孔

자 하　하사　욕 여 지 언　이시러니　추 이 피
子下하사 欲與之言이시러니 趨而辟

지　하니　부 득 여 지 언　하시다.
之하니 不得與之言하시다.

【對譯】

초나라의 광인인 접여가 공자의 앞을 지나치면서 노래하기를, "봉황새야, 봉황새야, 어쩌다가 덕이 쇠하였는가. 지난 일이야 말릴 수 없지만, 오는 일은 따를 수 있거니, 그만두어라, 그만두어. 지금의 벼슬길을 따른다면 위태롭거니." 공자가 내려가 그와 말하고자 했으나 급히 도망쳐 말을 나누지 못하였다. 즉, 접여는 미치광이로 가장한 초나라의 한 은자이다. 공자는 은자의 노래를 듣고 얼른 내려가서 이야기를 하고자 했으나, 은자는 공자를 피하여 달아나므로 이야기를 해보지 못했다는 글이다.

【註釋】

• 접여(接輿) : 초(楚)나라 사람. 거짓으로 미쳐서 세상을 피하여 사는 사람.
• 피(辟) : 피(避).
• 봉(鳳) : 영조(靈鳥)로, 여기서는 공자에 비유했음.
• 태(殆) : 위태로움.

4

주공위노공왈　군자불시기친
周公謂魯公曰　君子不施其親하
야　불사대신　원호불이　고
不使大臣으로　怨乎不以하며　故
구무대고즉불기야　무구비
舊無大故則不棄也하며　無求備
어일인
於一人이니라.

【對譯】

주공이 아들 노공에서 일컬어 말하기를, "군자는 자기의 친척을 버리지 않으며, 대신들로 하여금 그들의 의견을 무시한다고 원망하지 않게 하며, 오랫동안 일해

온 사람은 큰 문제가 없으면 버리지 아니하며, 한 사람에게서 모든 재능이 구비되기를 구하지 말아야 하느니라." 즉, 한 사람이 모든 재능을 갖추어 주기를 기대하고 요구하면, 오히려 인재를 놓치니 유의하라는 뜻이다.

【註釋】

- 주공(周公) : 이름은 단(旦). 성왕(成王)을 보좌한 성인(聖人).
- 노공(魯公) : 주공(周公)의 아들. 백금(伯禽).
- 원호불이(怨乎不以) : 자기를 써주지 않는다고 원망함.
- 고구(故舊) : 원로공신(元老功臣).
- 대고(大故) : 큰 잘못.

第十九篇　子張(자장)

1

> _{자 장 왈} _{사 견 위 치 명} _{견 득 사}
> 子張曰 士見危致命_{하며} 見得思
>
> _의 _{제 사 경} _{상 사 애} _{기 가}
> 義_{하며} 祭思敬_{하며} 喪思哀_면 其可
>
> _{이 의}
> 已矣_{니라.}

【對譯】

자장이 말하기를, "선비가 위태함을 보면 목숨을 걸고, 이득을 보면 의를 생각하고, 제사에는 공경함을 생각하고, 상사에는 슬픔을 생각한다면, 족할 수 있느니라." 즉, 이상 네 가지는 선비가 반드시 지켜야 할 입신지대절(立身之大節)이다.

【註釋】

· 치명(致命) : 생명을 내맡김.
· 가이(可已) : 비로소 족하다고 할 수 있다.

2

子夏曰 雖小道나 必有可觀者焉
자 하 왈 수 소 도 필 유 가 관 자 언
이어니와 致遠恐泥라 是以로 君子
치 원 공 니 시 이 군 자
不爲也니라.
불 위 야

【對譯】

자하가 말하기를 "비록 작은 기예(技藝)라 할지라도
반드시 볼 만한 것이 있다. 그러나 원대한 뜻을 이루
는 데 방해가 될까 염려되므로, 군자는 이런 것을 하
지 않느니라." 즉 각종 전문적인 기능에 몰두하는 것
도 생활에 필요한 것이기는 하나, 이런 일에 빠지면
전체 인간의 모습을 상실하고 원래의 목표를 이루는
데 장애가 될 수도 있다는 뜻이다.

【註釋】

• 소도(小道) : 작은 기예(技藝).
• 치원(致遠) : 극히 먼 데까지 추구(推究)함.
• 니(泥) : 불통(不通).
• 군자불위(君子不爲) : 군자는 이런 일을 하지 않느니
  라.

3

子夏曰　博學而篤志하며　切問而
近思하면　仁在其中矣니라.

【對譯】

자하가 말하기를, "넓게 배우고 뜻을 독실하게 하며,
간절히 묻고 가까운 것부터 생각하면, 인은 절로 그
가운데 있느니라."

【註釋】

• 절문(切問) : 깊이 파고 묻는 것.

• 근사(近思) : 자기가 능히 할 수 있는 일부터 생각함.

• 인(仁) : 공자가 최고의 덕(德)으로 생각함.

4

曾子曰 吾聞諸夫子호니 孟莊子

之孝也는 其他可能也어니와 其不

改父之臣與父之政이 是難能也

라 하시니라.

【對譯】

증자가 말하기를, "내가 선생님께 들으니 '맹장자의 효는 다른 것은 남들도 해낼 수 있겠으나, 아버지의 가신과 정책을 바꾸지 않는 점은 아무나 하기 어려우니라'고 하셨느니라." 즉, 맹장자(孟莊子)는 효도(孝道)가 지극하여 아버지 맹헌자(孟獻子)가 죽은 뒤에도 부친을 섬기던 신하들을 그대로 기용했고, 부친의 정책을 그대로 계승했다는 말이다.

5

子貢曰 君子之過也는 如日月之
食焉이라 過也에 人皆見之하고 更
也에 人皆仰之니라.

【對譯】

자공이 말하기를, "군자의 과실은 마치 일식, 월식과
같다. 과실을 저지르면 사람들이 모두 알아보고, 이를
고치면 모두 우러러보느니라."

【註釋】

• 경야(更也) : 그 잘못을 고침.

陳子禽謂子貢曰　子爲恭也언정
진 자 금 위 자 공 왈　자 위 공 야

仲尼豈賢於子乎리요　子貢曰　君
중 니 기 현 어 자 호　자 공 왈　군

子一言以爲知하며　一言以爲不
자 일 언 이 위 지　일 언 이 위 부

知니　言不可不愼也니라　夫子之
지　언 불 가 불 신 야　부 자 지

不可及也는　猶天之不可階而升
불 가 급 야　유 천 지 불 가 계 이 승

也니라　夫子之得邦家者인댄　所謂
야　부 자 지 득 방 가 자　소 위

立之斯立하며　道之斯行하며　綏之
입 지 사 립　도 지 사 행　수 지

斯來하며　動之斯和하야　其生也榮
사 래　동 지 사 화　기 생 야 영

하고　其死也哀니　如之何其可及
기 사 야 애　여 지 하 기 가 급

也리요.
야

【對譯】

진자금이 자공에게 말하기를, "선생님께서 겸손한 것입니다. 공자가 어찌 선생님보다 현명하겠습니까?"

자공이 말하기를, "군자는 한 마디로 지혜로워지기도
하고, 또 그렇지 않을 수도 있으니, 말은 조심하지 않
을 수 없느니라. 선생님에게 미칠 수 없는 것은 마치
층계를 밟고 하늘에 오를 수 없는 것이나 같으니라.
선생님께서 만일 제후국을 맡아 다스린다면, 이른바
세우면 서고, 이끌면 따라가고, 어루만지면 모이고,
움직이면 조화를 이룬다는 말 그대로여서, 살아 계시
면 기쁨이요, 돌아가시면 슬퍼할 것이니, 어찌 그분에
게 미칠 수 있으리요." 즉, 자공이 공자를 절대적으로
숭상(崇尙)하고 있는 구절이다. 진나라의 자금이 자공
을 공자보다 낫다고 하자, 이번에는 공자를 하늘에 비
유하여 가당치 않은 말로 일축해 버리는 말이다.

第二十篇　堯曰(요왈)

1

堯曰_{요왈} 咨_자라 爾舜_{이순}아 天之曆數在爾_{천지력수재이} 躬_궁하니 允執其中_{윤집기중}하라 四海困窮_{사해인궁}하면 天祿永終_{천록영종}하리라 舜亦以命禹_{순역이명우}하시니라

曰_왈 予小子履_{여소자리}는 敢用玄牡_{감용현모}하야 敢 昭告于皇皇后帝_{소고우황황후제}하노니 有罪不敢_{유죄불감} 赦_사하며 帝臣不蔽_{제신불폐}니 簡在帝心_{간재제심}이니이 다 朕躬有罪_{짐궁유죄}는 無以萬方_{무이만방}이요 萬方有罪_{만방유죄}는 罪在朕躬_{죄재짐궁}하니라.

周有大賚_{주유대뢰}하신대 善人是富_{선인시부}하니라 雖有周親_{수유주친}이나 不如仁人_{불여인인}이요 百姓有過_{백성유과}는 在予一人_{재여일인}이니라.

謹權量_{근권량}하며 審法度_{심법도}하며 修廢官_{수폐관}하신

대 四方之政^{사방지정}行焉^{행언}하니라 興滅國^{흥멸국}하며

繼絕世^{계절세}하며 擧逸民^{거일민}하신대 天下之^{천하지}

民歸心焉^{민귀심언}하니라 所重民食喪祭^{소중민식상제}러시

다 寬則得衆^{관즉득중}하고 信則民任焉^{신즉민임언}하고

敏則有功^{민즉유공}하고 公則說^{공즉열}이니라.

【對譯】

요 임금이 말하기를, "아아, 너 순아. 하늘의 역수가 너의 몸에 있으니 진실로 그 중용을 취할지니라. 사해가 곤궁해지면 하늘의 녹이 영원히 끊어지리라." 순 임금도 이 말을 우 임금에게 일러 주었다.

은나라 탕왕이 말하기를, "나 불초한 리(履)는 검은 황소를 제물로 바쳐 감히 높고 위대하신 천제께 밝히어 고하옵니다. 죄 있는 자는 감히 용서할 수 없으며, 천제의 신하들을 버려 둘 수가 없으니, 이를 분별함은 오직 천제의 마음에 달려 있나이다. 짐(朕)이 지은 죄는 만백성들에게 있는 것이 아니라, 만백성들이 지은 죄만이 오로지 짐에게 있는 것이니라."

그때에 무왕이 말하기를, "주나라에는 하늘이 내려준 큰 은혜가 있어, 선량한 사람들이 많으니라. 비록

은나라의 주왕에게 많은 지친이 있다 하나, 그것은 주
나라의 인한 사람이 많은 것만 못하다. 백성들이 지은
죄는 나 한 사람에게 있는 것이니라."

무왕은 저울추와 말[斗]을 엄중히 다스리고 모든 예
악과 제도를 자세히 살피고, 폐지했던 관서를 다시 세
우자, 천하 사방의 정사가 바르게 시행되었다. 멸망한
나라를 다시 일으키고, 끊어진 대를 이어 두고, 초야
에 묻힌 인재를 등용하자, 천하의 민심은 그에게로 돌
아갔다. 무왕은 백성과 양식과 상사(喪事)와 제사를
소중히 다스렸다. 관대하면 백성의 지지를 얻고, 신의
가 있으면 백성들이 신임하고, 근면하면 업적이 쌓이
고, 공정하면 백성들이 기뻐하느니라. 즉, 요순(堯舜)
의 이제(二帝)와 우(禹), 탕(湯), 무(武)의 3왕(三王)
의 정치를 요약하면, 위정자가 신의를 지켜서 배신하
지 않으면 국민이 기뻐한다는 뜻이다.

【註釋】
• 자(咨) : 감탄사.
• 천지력수(天之曆數) : 하늘이 정해 준 임금 될 차례.
• 궁(躬) : 자신.
• 윤(允) : 참으로.
• 리(履) : 은(殷)나라 탕왕(湯王)의 이름.
• 현모(玄牡) : 검은 희생물로 목우(牡牛)를 쳤다.
• 간(簡) : 보다.
• 대뢰(大賚) : 뇌(賚)는 하사(下賜). 하늘이 크게 복(福)

320

을 내려줌.

• 권량(權量) : 저울의 추와 되.

2

子張問^자^장^문於^어孔子曰^공^자^왈 何如斯可以^하^여^사^가^이

從政矣^종^정^의이니꼬 子曰^자^왈 尊五美^존^오^미하고 屏^병

四惡^사^악이면 斯可以從政矣^사^가^이^종^정^의리라 子張^자^장

曰^왈 何謂五美^하^위^오^미니이꼬 子曰^자^왈 君子惠^군^자^혜

而不費^이^불^비하며 勞而不怨^노^이^불^원하며 欲而不^욕^이^불

貪^탐하며 泰而不驕^태^이^불^교하며 威而不猛^위^이^불^맹이니

라 子張曰^자^장^왈 何謂惠而不費^하^위^혜^이^불^비니이꼬

子曰^자^왈 因民之所利而利之^인^민^지^소^리^이^리^지니 斯不^사^불

亦惠而不費乎^역^혜^이^불^비^호아 擇可勞而勞之^택^가^로^이^로^지

어니 又誰怨^우^수^원이리요 欲仁而得仁^욕^인^이^득^인이어니

又焉貪_{우언탐}이리요　君子無衆寡_{군자무중과}하며　無_무

小大_{소대}히　無敢慢_{무감만}하나니　斯不亦泰而_{사불역태이}

不驕乎_{불교호}아　君子正其衣冠_{군자정기의관}하며　尊_존

其瞻視_{기첨시}하야　儼然人望而畏之_{엄연인망이외지}하나니

斯不亦威而不猛乎_{사불역위이불맹호}아　子張曰　何_{자장왈 하}

謂四惡_{위사악}이니이꼬　子曰　不敎而殺_{자왈 불교이살}을

謂之虐_{위지학}이요　不戒視成_{불계시성}을　謂之暴_{위지폭}오

慢令致期_{만령치기}를　謂之賊_{위지적}이요　猶之與_{유지여}

人也_{인야}로대　出納之吝_{출납지린}을　謂之有司_{위지유사}니

라.

【對譯】

자장이 공자에게 묻기를, "어떻게 하여야 정치에 종사
할 수 있나이까?" 공자가 말씀하시기를, "다섯 가지
의 미덕을 존중하고 네 가지의 악덕을 물리칠 수 있다

면 정치에 종사할 수 있느니라." 자장이, 말하기를, "무엇을 다섯 가지 미덕이라 합니까?" 공자가 말씀하시기를, "군자는 은혜를 베풀되 낭비하지 않으며, 수고를 시키되 원망을 사지 않으며, 하고자 하되 탐욕을 내지 않으며, 태연하되 교만하지 않으며, 위엄이 있되 사납지 않아야 하느니라." 자장이 말하기를, "은혜를 베풀되 낭비하지 않는다 함은 무엇을 말합니까?" 공자가 말씀하시기를, "백성의 이로운 것에 따라서 이로움을 행한다면, 이것이 곧 은혜를 베풀되 낭비하지 않는 것이 아니겠느냐, 마땅히 수고할 만한 것을 가려서 백성들을 동원시킨다면, 또 누가 원망을 하겠는가. 선함을 베풀고자 하여 인정을 베푼다면, 그 무슨 탐욕스러운 것이겠는가, 군자가 사람이 많거나 적거나, 작거나 크거나를 가리지 않고 감히 소홀하게 다루는 일이 없다면 이 또한 태연하되 교만하지 않은 것이 아니겠는가. 군자는 그의 관을 단정히 하고, 표정을 엄숙히 하면, 그 엄숙한 모양을 사람들이 바라보고 두려워하는 것이니, 이 또한 위엄이 있되 사납지 않은 것이 아니겠느냐." 자장이 말하기를, "무엇이 네 가지 악덕입니까?" 공자가 말씀하시기를, "백성들을 가르치지 않고 죽이는 것은 잔학하다고 이르며, 미리 경계하지 않고서 일의 결과를 재촉하는 것은 난폭하다고 하며, 소홀하게 명령해 놓고 시기를 재촉하는 것은 해친다고 이르며, 마땅히 나누어 주어야 할 것을 내주기에 인색하게 구는 것을 창고지기 같다고 한다."

【註釋】

• 존오미(尊五美) : 다섯 가지 좋은 일을 존중해 지킴.
• 병사악(屛四惡) : 네 가지 악을 물리치다.
• 위이불맹(威而不猛) : 위엄이 있으나 사납지 않음.
• 첨시(瞻視) : 용모, 표정, 보는 바.
• 유지(猶之) : 어차피.
• 유사(有司) : 출납을 맡아보는 벼슬아치.

3

子曰　不知命이면　無以爲君子也

오　不知禮면　無以立也오　不知言

이면　無以知人也니라.

【對譯】

공자가 말씀하시기를, "천명을 알지 못하면 군자가 될
수 없고, 예를 알지 못하면 세상에 설 수 없으며, 말을
알지 못하면 남을 알아볼 수가 없느니라." 즉, 세상에
태어나서 해야 할 사명을 이루지 못하고 깨닫지 못하
면 군자가 될 수 없다는 뜻이다.

【註釋】

- 명(命) : 천명(天命).
- 입(立) : 사회에 나아감.
- 부지언(不知言) : 말을 이해 못함.

譯者 李相麒(이상기)

- 本籍 : 慶北 尙州
- 1934年 慶北 醴泉書堂에서 漢文 修學
- 1956年 慶南 海印寺에서 耘虛스님과 佛經 飜譯
- 1961年 慶北 金龍寺에서 漢學 講義
- 1962年 大統領賞 「면려포장증」 表彰狀 受賞
- 1981年 教育部 高等教育課程 審議委員會 審議委員
- 1982年 CBS 放送教育 諮問委員
- 1986年 日本 朝日新聞 寄稿文 入選 「日本의 朝鮮植民地政策實相」
- 經濟企劃院 漢文 · 日語 講師
- 韓國輸出工團本部 日語 飜譯要員
- 大成學院 漢文 · 日語 講師
- 서울 通譯觀光學院 漢文 · 日語 講師
- 明知大學校 漢文 · 日語 講師
- 韓國商業銀行 研修教育 漢文 · 日語 講師
- 三星物産 三友設計 漢文 · 日語 講師
- 韓國電力 社員 研修教育 漢文 · 日語 講師
- 三養社 社員 研修教育 漢文 · 日語 講師
- 서울 市立 江西圖書館 主婦文化教室 講師
- 大韓天理教 文化센터 漢文 · 日語 講師
- 鍾路區 世宗路 主婦文化教室 講師
- 江南 서예學院 서예 講師
- 서울 市立 勤勞福祉館 漢文 專任講師

- 「독학 상용한자」(전원문화사)
- 「독학 명심보감」(전원문화사)
- 「독학 채근담」(전원문화사)
- 「독학 고사성어」
- 「독학 목민심서」
- 「붓글씨(첫걸음)」
- 「붓글씨(행서)」

논어 (독학)

2021년 10월 15일 중판 발행

편저자 * 이상기
펴낸이 * 남병덕
펴낸곳 * 전원문화사
07689 서울시 강서구 화곡로 43가길 30
        T.02)6735-2100. F.6735-2103
E-mail * jwonbook@naver.com
등록 * 1999년 11월 16일 제 1999-053호
Copyright ⓒ 1996, 전원문화사